미안하지만,
오늘은
내 인생이
먼저예요

이진이 글·그림

미안하지만,
오늘은
내 인생이
먼저예요

위즈덤하우스

나는 어떤 사람이야?

스무 살이 넘으면 어른이 되고
서른 살이 넘으면 삶의 방향을 잡고
마흔 살이 넘으면 삶이 뭐냐고 묻는 누군가에게
술술 대답할 수 있는 베테랑이 되어 있을 줄 알았어.
근데 사는 게 하나도 익숙해지지 않는 거야.
살아오면서 받은 상처들이 아물기는커녕
나도 모르게 불쑥불쑥 튀어나와
나를 힘들게 하는 거야.
나이를 먹으면 알아서 해결될 줄 알았던 지난날들이
'다 그렇게 살아'라는 말로 묻히는 게 아니었던 거야.
세상살이가 힘든 건 내 성격에 문제가 있어서라고
막연히 생각했어.
세상을 바꾸기보단 나 하나 바꾸기가 쉬우니까.
내가 어떤 사람인지도 모르면서 채찍질을 했던 거야.
세상에 좀 더 맞춰서 살아보라고…….

나는……
어떤 사람이야?

2장 다 극복하고 살 수는 없었지만

3장 흐르는 강물처럼 살아보기로 했다

4장 그러니까, 이제 괜찮아진 것 같아

1장

사는 게
숙제 같았던
날들

나는 어떤 아이였을까?

혼적……

| 임 | 온순하나 명랑성이 좀 결여됨니라 | 담 임 ⑩ |
| 부모 ⑩ | | 학부모 ⑩ |

| 제 27 호 상 장 |

6. 가 정 통 신

| 학교에서 | 1 하루종일 있어도 말하마디 할가말가한……아주 내성적이어서 답답합니다. 말하기 능력을 신장시켜 주십시오. | 담 임 ⑩ |
| 가정에서 | | 학부모 ⑩ |

정 통 신

| 분 | 통 신 내 용 | 호 |
| 교 서 | 스스로 생활을 좋은 방향으로 이끌어 가는 능력이 있는 어린이어라. | |

굼벵이는 매미가 되려고 사는 걸까?

 조은 : 매미는 일주일밖에 못 산다며?

 은재 : 응. 굼벵이로 7년 살다가 매미로는 7일.

 조은 : 되게 안됐다……

 예은 : 그래서 그렇게 바락바락 우나봐. 억울해서.

진명 : 굼벵이는 매미가 되려고 사는 걸까?
    굼벵이 시절이 더 행복할지도 모르잖아.
    매미는 그냥…… 굼벵이의 노년이고.

_ 드라마 「청춘시대 2」 중에서

유시민 작가는 이런 말을 했다.
"오늘은 내일의 디딤돌이 아니잖아요.
내일이 오늘보다 더 크다는 보장은 없잖아요."

모든 하루는 평등하고
모든 하루는 소중하다.

각자의 산에서……

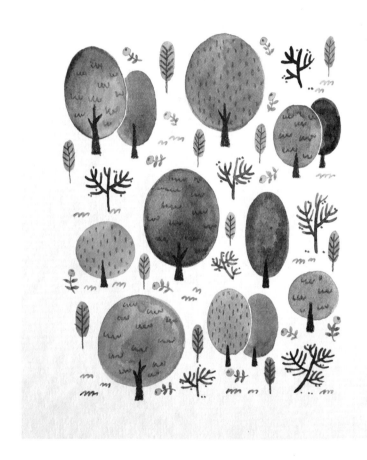

똑같이 산을 오르는 사람들일지라도

꼭 정상에 올라야 행복한 사람이 있는가 하면
산중턱에 피어 있는 꽃만 보고도 행복한 사람이 있고
약수터의 물만 마시고 와도 행복한 사람이 있고
산에 버려진 휴지를 줍고 오면서 더 행복해하는 사람이 있고
아슬아슬한 암벽타기를 하면서 행복한 사람이 있고
그저 산 중턱에서 가만히 앉아 있어야 행복한 사람이 있다.

인생에 꼭 거창한 목표가 있어야 하는 것은 아니다.

나의 성공과 행복은 다른 이와 다른 나만의 것.
누군가를 가엾게 여길 필요도, 부러워할 필요도 없다.

산꼭대기에 올라야만 행복하다고 믿는 사람은 어리석다.
주변에 이렇게 여러 종류의 행복이 있는데도…….

그저
각자의 산에서
자신의 행복을 찾으면
그뿐.

문전성시

돌이켜보면 걱정이 하나도 없을 때가 없었던 것 같다.
크기와 정도의 차이일 뿐.
걱정 하나가 해결되면 다음 걱정이 밀려온다.
내가 유명 맛집도 아니고 웬 걱정들이 이렇게 줄을 서는 것일까?

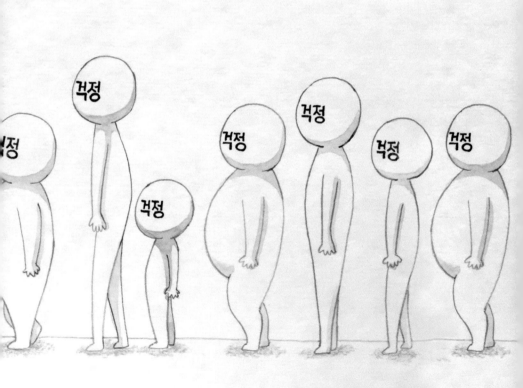

내가 어떤 모습이건

잘났고 못났고를 떠나
내가 어떤 사람이건
그걸 인정하고 사랑하는 것이 먼저다.

멋지고 잘나고 훌륭한 사람이 되기 위해
인생을 허비한다면 그게 더 슬픈 일이 아닐까?
나는 그냥 나다운 삶을 살면 될 뿐.

나는 많이 예민한 사람이다.
가끔 너무 예민해서 스스로가 힘들다.
너무 배려하려다가 피곤해지기도 하고
인간관계도 좁은데다
한 번에 두 가지를 못 하는 성격이지만

나는 이런 나를 사랑하기로 했다.
거기서부터 시작해보기로 한다.

당신 책임이다

처음 보는 사람이 종종 이렇게 물어볼 때가 있다.
잊고 있다가도 질문을 받을 때마다 '아, 나 흉터가 있었지.' 되새긴다.
안 물어보면 좋을 텐데.

"난 이런 삶을 선택하지 않았어요. 이런 지긋지긋한 병을 선택하지 않았죠.
하지만 이 병을 안고 어떻게 살아가야 할지는 선택해야 돼요. 그래야만 하죠."
(…) 그래, 당신 잘못이 아니다. 하지만 그래도 당신 책임이다.
_ 마크 맨슨 『신경 끄기의 기술』 중에서

내가 선택한 것도 아니고 당장 어떻게 벗어날 수도 없는 것들이
내 인생을 만들어가고 나는 그저 끌려가고 있다는 느낌이 종종 찾아온다.

예를 들어 내가 기억도 못 하는, 돌 때 입은 화상 자국 같은 것들 말이다.
고등학교를 졸업할 때까지 흉터를 가리느라
나는 여름에도 반팔 옷을 입어본 적이 없었다.

가끔 그런 말을 들었다.
"일곱 살 이전에 아이가 사고를 당하면 그건 부모 책임이래."

그런 이야기를 들으면 이런 생각이 들었다.
"그래서 뭐? 평생 엄마를 원망이라도 하라는 건가?
아니면 내가 죽을 때까지 엄마가 책임져야 한다는 말인가?"

책 속에는 그 의문에 대한 정답이 있었다.
내 잘못이 아니라 해서 그게 내 책임이 아닌 것은 아니라는 것.
내가 저지른 일이 아니라 해도 나에게 생긴 일이고
그런 나를 안고 살아야 하는 것도 책임져야 하는 것도 결국 나 자신이다.

그래서 나는 대학 때 처음으로 여름에 반팔을 입었다.
남의 시선보다 내가 느끼는 더위가 더 중요해졌기에.

집순이

가끔 주변에서 그런 말을 한다.
"너는 집에 혼자 있는 시간이 많으니까 외롭고 힘들겠다."

또 어떤 날은 친구가 전화를 걸어 이런 말을 한다.
"따뜻한 나라 해변에서 하루 종일 잠이나 자면서
쉬다 오면 좋겠다. 그치?"

나는 사실 집에 있는 걸 좋아한다.

결혼 16년 차.
낮에 하루 종일 혼자 집에 있은 지도 16년이 되어가는데
아마 내가 외롭고 힘들었다면 무슨 이유를 붙여서라도
밖으로 뛰쳐나갔겠지.

사실 나는 집에 혼자 있는 게 정말로 행복하다.
다들 그런 나를 불쌍하다는 듯 볼 때도 있지만.
나는 이게 정말로 좋은데…….

또 한 가지, 내가 이해하지 못하는 건
굳이 외국 해변까지 나가서 하루 종일 잠을 자는 이유에 대해서다.
집에서 쉬면 되지 힘들게 짐을 싸고 비행기를 타고 돈을 쓴다.

아무리 좋은 휴양지도 다녀오면 피곤하지 않나?
집에 오면 또 쉬어야 회복이 되는 그걸. 왜 하는 걸까?
어느 집순이의 개인적인 생각…….

내 뒷모습의 표정

사람의 뒷모습에도 표정이 있다고 한다.
내 뒷모습은 어떤 표정일까?

말 한마디로 인생이 바뀔까?

나의 조언으로 누군가의 인생을 바꿀 수 있다고 믿는 건
어쩌면 교만인지도 모르겠다.

한때 나는 조언을 구하는 누군가가 참 부담스러웠다.
내 말 한마디로 인해 그 사람이 다른 선택을 할 수도 있다는
그 사람의 인생이 바뀔 수도 있다는 두려움 때문이었다.

상대의 감정들이 객관적이지 않다는 걸 알기 때문이었다.
그 감정에 대한 내 생각이 정답이 아닐 수도 있기 때문이었다.

그런데 어느 순간 깨닫게 된 것이 있다.

대부분의 사람들은 내가 쏟아내는 많은 말들 중에
본인이 듣고 싶은 말만 듣는다는 것.
결국 사람들은 자신의 가슴속 정답과 가장 흡사한 답을 찾는다.
옳은 쪽보다는 익숙한 쪽으로 치우치게 마련이다.

사람들은 대부분 살던 대로 사는 쪽을 택한다.
인생을 바꿀 결정적 해답보다는 당장 숨 쉴 수 있는 작은 공간을.
확실한 해결책이 아니라 당장 의지할 수 있는 작은 위로를.

그 틀을 벗어날 준비가 되어 있다면 굳이 훌륭한 조언이 아니더라도,
길을 구르는 돌멩이를 보고도 옳은 쪽을 택하게 될 것이다.

누군가의 말로 인해 인생이 바뀌었다면
그건 그 사람의 마음에 이미 준비가 되어 있었기 때문.

삶은 자신이 결정하고 자신이 책임지는 것.
그 외의 다른 것은 없다.

나에게는 숙제였다

누군가를 만나면 언제 어느 때 얼마나 가까워진 후에
내 몸에 있는 흉터에 대해 말해야 할까?
항상 나에게는 숙제였다.

대학 3학년 때 미팅에서 한 오빠를 만났다.
다른 학교 건축학과였던 그 오빠는
키도 크고 솔직한 스타일의 사람이었다.
돌이켜보면 나도 연애 경험이 별로 없었던 때라 참 서툴렀다.
세 번 정도 만나 술도 한잔하고 많은 이야기를 나눴다.
좋은 마음이 생길 것 같았다.
속이는 것 같은 기분이 싫었다.
왠지 좋아지고 나서
말하는 건 비겁하다는
생각마저 들었다.

어렵게 말을 꺼냈다.
"오빠, 저는 어렸을 때 뜨거운 물에 두 번이나 빠져서
몸에 흉터가 여기저기 있어요. 이야기해야 할 것 같아서요."

그런데 이 오빠의 반응이 나를 당황하게 만들었다.
"우리 아직 그런 이야기하기엔 좀 이르지 않나?"

그 오빠는 별거 아닌 듯 웃으며 말했지만
나는 나 자신이 부끄럽기도 하고 실망스럽기도 하고
이런 복잡한 나에게 화가 나기도 했다.
그날 이후 나는 그 오빠의 연락을 더 이상 받지 않았다.

그 오빠도 당황했고 여러 번 나에게 연락을 해왔다.
내 친구에게까지 전화해 나를 찾았지만
나는 이미 마음이 접힌 상태였다.

언제나 나는 그랬다.
빨리 말하면 앞서 가는 것 같고 늦게 말하면 숨기는 것 같았다.
그렇다고 어찌 될지도 모르는 사람에게 구구절절 내 이야기를 먼저 하고
양해를 구해야 한다는 것도 참 피곤한 일이었다.

누군가에겐 집안 형편이, 누군가에겐 직장 생활이,
말하고 싶지 않은 무언가를 털어놓기까지
그것을 받아들일 준비가 된 누군가를 만나기까지

사랑은 늘 참 힘든 것 같다.

마음이 힘들 때

마음이 힘들 때……
조금만 더 위에서 내려다보면 알게 된다.

그 힘듦이
그저 지나가는 비구름인 것을…….

증명하기

아무것도 하지 않아도 사랑받을 수 있을까?

심리상담 스터디를 하면서 가끔 영화를 보기도 했는데
그때 우울증에 대해 공부하며 보게 된 일본 영화 「츠레가 우울증에 걸려서」.

'츠레(つれ)'란 '동반자'를 뜻하는 말이라고 한다.

하루코의 남편 미키오는 평범한 회사원.
덜렁대는 하루코에 비해 강박에 가깝다고 할 만큼
그는 자신의 일에 완벽을 기한다.
월, 화, 수, 목, 금, 토, 일 하루하루 종류별로 먹는 치즈와
넥타이가 정해져 있고 매일 본인의 도시락을 직접 싸며
묵묵히 회사생활을 하던 미키오는 어느 날 갑자기
감기에 걸린 것처럼 우울증에 걸린다.

회사에서의 지속적인 스트레스 속에서 우울증은 악화되고
힘들어하는 남편을 보고 하루코는 사표를 쓰지 않으면 이혼하겠다며
미키오에게 쉴 수 있는 시간을 주려 노력한다.
결국 미키오 역시 회사에 사표를 쓰게 되는데.

우울증에 걸리면 대부분 불면증도 함께 온다.
하지만 밤잠을 잘 못 자면서도 남들 다 깨어 있는 낮에는
죄책감 때문에 낮잠도 못 자겠다고 미키오는 털어놓는다.

그는 자신이 쓸모없게 느껴지고 하루코에게 짐이 된다고 느낄 때마다
"미안해…… 미안해……"를 반복해서 말하며 눈물을 흘린다.

하루코는 인기 없는 만화를 연재하는 만화가.
그림을 처음 시작할 때 미키오는 하루코에게
돈은 내가 벌 테니 너는 그리고 싶은 것을 그리고,
하고 싶은 것을 하라고 말했다.

그때 미키오가 하루코를 지켰듯이 하루코도 미키오 곁을 묵묵히 지키며
그로 인해 함께 서서히 우울증을 이겨낸다는 내용.

강박이 있는 사람.
이래야 해.
저래야 해.
잘해야 해.

자신에 대한 기대치가 높은 사람일수록 우울증에 걸릴 확률이 높다고 한다.

한때 나 역시 낮잠을 자는 것에도 죄책감을 느꼈다.
내가 쓸모없는 인간이 된 것 같은 기분 때문이었다.

지금도 남편에게 가장 자주 하는 말은 '미안해.'

남편은 별로 신경도 안 쓰는데
돈을 너무 쓴 것 같아서 미안하고
청소를 제때 하지 않은 것 같아서 미안하고
반찬을 제대로 차려주지 못한 것 같아서 미안했다.

책에서는, 텔레비전에서는……
사람은 태어나면서부터 존재만으로 사랑받을 자격이 있으며
존재 자체가 귀중한 거라고 하는데
그 말이 잘 다가오지 않았다.

지금까지 나의 삶은 오로지
'나는 쓸모없는 사람이 아니에요.'라고 증명하기 위해 사는 삶.
쓸모가 없으면 버려지겠지, 하는 마음으로 불안해하는 삶이었다.

지금껏 남편이 나에게 가장 자주 한 말은
'괜찮아, 아무것도 안 해도 괜찮아.'

과거 어디에서부터 이런 불안이 싹트기 시작한 것일까.
엄마 배 속에서부터 갖고 태어난 걸까.

딱히 그런 내가 잘못된 것도, 틀린 것도 아닐 것이다.
그저 내게는 그런 면이 있고 그럴 수 있는 거겠지.

다만 이 끝나지 않는 증명하기를 조금 내려놓을 수 있다면.
나는 요즘 나를 알아가는 공부를 하고 있는 것 같다.

존재의 가벼움

「츠레가 우울증에 걸려서」라는 영화의
주인공 부부는 '이구'라는 이구아나와 함께 산다.

"우리나라에서 저렇게 이구아나 키우면서
부부가 애 없이 살면 무슨 소리 듣는 줄 알아?"
친구에게 물었다.

"무슨 말? 키우지 말라고?"
"이구아나 갖다 버리라고.
저것 때문에 애가 안 생기는 거라고."

13년 동안 고양이를 키우면서
내가 어른들에게 가장 많이 들은 말.

맛없는 귤

텔레비전에 푸드 칼럼니스트 황교익 씨가 나와서 말했다.

귤도 바람도 맞고 거칠게 자란 아이들이 당도가 높고
포도도 줄기를 살짝 비틀어주면
수분 스트레스를 받아 당도가 더 올라간다고.

그것처럼 사람도 이런저런 경험을 많이 하고
굴곡 있는 삶을 산 사람이 더 인간미가 있다고.

귤 한 박스를 샀는데 당도가 생각보다 나빴다.

문득 너는 그래도 스트레스 많이 안 받고
평탄하게 자란 귤이구나, 하는 마음에
그 맛없는 귤이 목구멍으로 편하게 넘어간다.

그냥 나도 당도는 좀 떨어져도 무난하게 살아온
이 귤처럼 살고 싶었는데.

무거운 이유

내가 배려한 만큼
상대방이 나를 배려하지 않으면
그 관계에선 상처만 남았다.

내가 더 좋아하는 것 같아서
그래서 먼저 놓지 못했다.

생각해보니 바로 이게
인간관계에서 쉽게 지치는 이유였다.

기대…….

이제 그저 깃털처럼 가벼워지고 싶다.

세상에 나쁜 '나'는 없다

「우리 아이가 달라졌어요」라는 방송을 보면
아이의 나쁜 버릇은 대부분 부모님 책임이다.
부모님이 바뀌면 아이도 행복해진다.

「세상에 나쁜 개는 없다」를 보면
대부분 개들의 나쁜 버릇은 주인 책임이다.
주인이 바뀌면 개들도 행복해진다.

내가 힘든 건 누구 책임일까?

가끔은 내 인생도
무엇 때문이라고 해결책을 이야기해주고
이렇게 하라고 이끌어주는 누군가가 있었으면 좋겠다.

누가 저렇게
정리 좀 해줬으면 좋겠다.

우선순위

START ➡

나를 고치려고 하기 전에
내가 어떤 사람인지
먼저 아는 것이 중요하다.

늦게 만난 것뿐이다

친오빠에게서 전화가 왔다.
제자 중에 늦게 미대를 준비하는 아이가 있는데
그림을 너무 늦게 시작하는 게 아니냐고 하기에.

오빠야.
나는 재수할 때 그림 시작했다.
2월에 선 연습 시작해서
10개월도 못 배우고
실기시험 쳤는데.
열심히만 하면 된다.

넌 공부 못해서
미대 갔잖아.

재수탱이 오빠가 한다는 말.

빡쳤지만 참고 대답했다.

내가 잘할 수 있는 걸
늦게 만난 것뿐이다!

늦었다고 생각하지 않는다.
사는 동안 찾게 돼서 그나마 다행이라고 생각한다.

그저 그런 어려운 인생

내 삶은 너무 평범할지도 몰라요.

어제가 오늘 같고 오늘이 내일 같은 하루를 살아요.
가끔은 이 평범함에 대해서도
잘 살고 있는 거라고 누가 말해줬으면 좋겠어요.

내 인생. 최선을 다했다고는 못 해도
더 할 수 있는 게 없었다고 말하고 싶은데
이런 나를 세상은 이해해줄까요?

별이 되지 않으면 어때요.
반짝이지 않으면 어때요.

내가 한 모든 것들을, 내가 살아낸 모든 날들을,
남들의 기준으로 아무것도 아닌 거라 점수 매기지 않을래요.

드라마 「청춘시대」 윤진명의 대사처럼
'죽을 만큼 노력해서' 평범해질 거예요.

괜찮아요.
세상은 몰라도 나는 알잖아요.
내가 어떻게 살았는지 어떤 마음으로 살아왔는지.

내가 아니까 괜찮아요.

운 좋은 사람

엄마는 늘 말했다.
"방세 줄 돈이 없어서 너한테 휴학계 이야기만 하려고 하면
어디에서 갑자기 돈이 들어오고 그랬어.
참 신기하지. 덕분에 휴학 없이 졸업했잖아."

비슷한 일들이 나에게는 꽤 많이 일어났다.
연고도 없는 서울에서 석 달 동안 회사 실습하게 되었을 때도
얼굴도 모르는 선배가 술자리에서 하필 내 앞에 앉아 얘기를 털어놓은 덕에
석 달 동안이나 신세를 진 적도 있고
덕분에 실습에서 알게 된 대리 한 분의 집에서
졸업 후 자취를 시작하기도 했다.

뭔가를 하려고 하면 이상하게 길이 생겼다.

나는 내가 운 좋은 사람이란 것을 믿는다.
물론 남들은 평생 겪지 않았을 법한 일들도 많이 겪었지만.

결국 운 좋은 사람이 되느냐
운 나쁜 사람이 되느냐는
자신의 믿음과 기억에 달린 것이다.

둘 중에 고르라면 나는
내가 운 좋은 사람이라고 믿는 쪽을 택하겠다.

당신의 기억과 믿음은 어느 쪽?

잘한다고 해서 좋아하는 것은 아니다

종종 모임에서 총무를 맡을 때가 있다.
이유는 간단했다.
내가 평소에 나름 꼼꼼한 편이라는 이유다.

나는 뭔가를 대충은 못 하는 스타일이다.
그래서 한 가지 일을 하는 데도 다른 사람보다 많은 에너지가 소모된다.

털털한 사람보다 돈 관리는 잘하겠지만
남들보다 많은 에너지를 쏟아야 하는 성격상 그 돈 관리가 좋을 리 없다.

나에게는 그냥 신경 많이 써야 하는 숙제만 하나 더 늘어난 셈이다.
잘한다고 해서 좋아하는 것은 아니라는 뜻이다.

달팽이를 보는 나의 시점

과거의 나

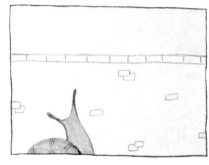

속도가 느려도

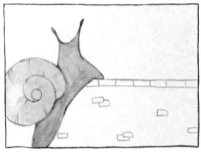

포기하지 않으면

목표에 이를 수 있어.

지금의 나

하늘도 보고

바람도 느끼고

꽃향기도 맡으면서
느리게 살라고
달팽이로
태어난 건 아닐까?

나는 어떻게 살라고
나로 태어난 걸까?

3분만 더

친구가 아이들이 놀이터에서 노는 동안
나와 통화를 하고 있었다.

이제 그만 가자는 친구의 말에 아이가 더 놀고 싶다며
"3분만 더, 3분마안." 하며
떼를 쓰는 소리가 휴대전화 너머로 들린다.

최근 몇 년 동안 내가 '3분만 더 했으면' 할 정도로
즐겁게 해본 일이 있었던가, 하는 생각이 들었다.

분명히 나는 어린 시절의 나보다
더 많은 것을 가졌는데…….

말해봐야 해결도 안 될 문제들

있잖아.
세상에는 많은 문제들이 있는데 당장 해결이 되는 게 별로 없어.
방법이 없어.
내가 할 수 있는 게 없어.

말해봤자 해결도 안 되는 일, 굳이 말해 뭐하나 싶어.
근데 말이야.
누군가와 이야기를 나누다 보면 알게 돼.
종류만 다르지 내게만 그런 문제가 있는 게 아니라는 걸.

그럼 그것만으로도 조금은 위안이 되더라.

나만 그런 게 아니라는 것만으로도.

근데 그렇다고
굳이 그 대화 안에서까지
너의 힘듦과 나의 힘듦 중
누가 더 힘든지 재보는 어리석은 짓은 하지 말아줘.

언니가 부러울 때

언니랑 통화를 하다가
무슨 일 때문인지 너무 힘이 없어 보여서
"힘 좀 내……."라고 말했더니

언니 왈.
"내가 너 하나 기분 좋으라고 힘을 내야겠냐?"

그러게.
살아보니 "힘내."라는 말을 듣는다고 힘이 나진 않았다.

그래도 부럽다.
나도 저렇게 막 던지면서 살고 싶다. ☺

이 모습도 내 모습

나는 사진 찍는 걸 싫어한다.

한쪽 눈에 사시가 약간 있어서
사진을 찍으면 더 몰려 보이기 때문이다.

그 모습이 싫어서 사진을 찍지 않게 되었고
내가 싫어하자 남편은 어느 때부턴가
나 몰래 내 뒷모습을 찍기 시작했다.
주로 카페에서 주문하러 가는 모습 같은 것.

생각해보니…….
이러다 나이가 더 들어 지금과 또 달라지게 된 후에
젊은 시절의 나는 어땠을까 궁금해질 때
찾아본 내 사진이 모두 뒷모습일까봐,
이제는 마음에 안 드는 내 모습에도
조금 익숙해지도록 사진을 찍어봐야겠다는 생각이
들기 시작했다.

어차피 이 모습도 내 모습인데.
나는 아직도 나조차
있는 그대로 바라보지 못하면서
세상을 똑바로 바라보겠다며 살고 있구나.

사진을 안 찍는다고 해도
어차피 나만 빼고 다른 사람들은
매번 그런 내 얼굴을 볼 텐데.

나도 그런 내 얼굴을 조금은 좋아해보려
노력해야 하지 않을까 생각이 들었다.

"만나서 반갑다. 내 얼굴."

글 잘 쓰는 사람

가끔 그런 이야기를 듣는다.
"나는 글을 쓰기에는 너무 평탄하게
어려움 없이 살았어요."

글 쓰기라는 게 힘들게 살기 배틀도 아니고
그렇게 생각하면 힘들게 살아온 사람 대부분은
베스트셀러 작가가 되어 있어야 하지 않을까.

음악 한 곡을 듣고도
밤하늘의 쏟아지는 별만 보고도
눈물을 흘릴 수 있는

많이 겪은 사람보다 많이 느낄 줄 아는 사람이
글을 잘 쓸 수 있는 사람 아닐까.

굳이 따지자면 그렇지 않을까 하는 이야기다.

그래서 나는 내가
힘들게 살아온 사람이기보다는
많이 느끼며 살아온 사람이었으면 좋겠다.

우울한 건 나쁜 거야

나는 즐거운 게 좋아.
즐거워야 해.
행복해야 해.
우울한 건 싫어.
우울한 건 나쁜 거야.

이런 마음도
다른 방식의 자기 학대다.

'행복해야 한다'는 강박은 어쩌면
'불행'의 또 다른 이름.

나의 선택이 나를 만든다

맛집으로 소문난 집에 가서 실망한 기억들이 많이 있다.
정말 거품일 수도 있고 내 입맛이 독특한 것일 수도 있지만.

맛집으로 소문난 곳이 나에게는 맛없는 집일 수도 있고
천만 관객을 넘긴 대박 영화가 내게는 별로일 수도 있고
다 좋다는 히트곡도 나에게는 소음에 불과할 수 있다.

드라마 「도깨비」에서 도깨비가 말하듯이
나에게는 나의 선택만이 정답인 것이다.

나의 인생은 내가 만든 정답들이 모여 만들어진 것.

사람들이 최고라 하는 음식을 먹고
사람들이 재미있다고 하는 영화만 보고
사람들이 좋다는 음악만 듣는다고 해서
내가 최고가 되지는 않는다.

아니, 최고가 될 필요도 없고
최고가 될 방법도 없으니
세상에 나를 맞추려 노력하지 말자.

인생에는 어차피 정답이란 없는 것이고
'최고 = 잘 사는 것'도 아니다.

이상하지만 나의 선택들이 모인 조합.
이게 나라는 사람이다.

#coffee

#cat

B 형이지만
A 형같은 성격

#game

#boyfriend fit

#movie

마음이 건강하다는 것

사춘기가 없이 지나갔다는 사람들이 있는데
사춘기 땐 반항을 하는 게 정상이고 건강한 것이라고 한다.
주변에서 가끔 넌 사춘기 때 어땠느냐고 물으면 나는 이렇게 대답했다.

"나야 뭐. 우리 집이 질풍노도였는데
반항도 봐줄 사람이 있어야 하는 거지."

싫으면 싫다고 표현하는 것이 건강한 것이다.
아프면 아프다고 표현하고
짜증이 나면 짜증을 표현하는 것이 정상적인 것이다.
강아지는 짖어야 건강한 것이고
아이는 울어야 건강한 것이다.

어른들은 때론 얌전하고 조숙한 아이들을 칭찬하지만
아이가 조숙하다는 것은
아이다운 아이가 설 자리가 없었다는 이야기다.
그건 칭찬할 일이 아니라 참 슬픈 일이다.

한 번씩 돌아보며 살아야 한다.
진짜 괜찮은 것인지.
괜찮은 척하며 살고 있는 것인지.

혹은……
'너 하나만 조용히 있으면 돼.'라며
내 마음속 아이를 마냥 야단치고 있지는 않은지…….

그저

어린 시절의 상처가
어른이 되었다고
완전히 아물거나 사라질 수는 없다.

그저 상처가 덧나지 않게……
되살아나지 않게
그때의 나를 도닥거리며 사는 것뿐…….

있는 그대로의 나

"너는 남자같이 체크셔츠가 뭐냐?
옷이 그거밖에 없어?"

예전에 사귀었던 남친은 내가 체크셔츠 입는 걸 참 싫어했다.
그 말은 생각 이상으로 내 가슴에 오래 남았고
나는 그 후로 10년 이상을 체크셔츠는 쳐다도 보지 않았다.

나는 그때 누군가가 '예쁘게 꾸민 나' 말고
'그냥 있는 그대로의 나'를 좋아해준다는 것이
무엇인지를 알지 못했다.

그래서 상대 앞에서 흐트러지는 것이 두려웠고
나이가 들어서 할머니가 되면 어떻게 하지 두려웠고
예쁘지 않은 내 모습에 나를 싫어하게 될까 두려웠다.

서서히 내 자존감을 갉아먹은 그런 마음들.
나는 자꾸만 작아져갔다.

대부분의 사람들은 젊고 아름다운 시절에 만나 함께 늙어간다.
함께 늙어가는 게 두려운 사람과는 사랑하는 게 아닌데
나는 그 단순한 진리를 몰랐다.

지금 필요한 건 무엇?

위로

친구 : 나 성격이 바뀐 것 같아.

나 : 어떻게 바뀌었는데?

친구 : 소심해지고 자꾸 다른 사람 눈치를 봐.

나 : 난…… 평생 그렇게 살았는데…….

행복의 범위

누구나 나에게 없는 것들을 먼저 생각하기 마련이다.
친구가 없는 사람은 친구가 많은 사람이 부럽고
키가 작은 사람은 키가 큰 사람이 부럽고
성적이 안 좋은 사람은 공부를 잘하는 사람이 부럽다.

나보다 많이 가진 사람들이 부럽다.

그런데 과연…….

친구가 100명이라면 그것이 축복일까.
나 혼자만 200세까지 산다면 그것이 축복일까.
나 혼자만 키가 3미터가 넘으면 그것이 축복일까.
나 혼자만 아이큐가 300이 넘으면 그것은 축복일까.

평범함이란 어쩌면
행복의 다른 이름일지도 모른다.

2장

다 극복하고
살 수는
없었지만

그럴 수 있기를

다 그렇게 산다는 말로부터
내가 나를 지킬 수 있었으면 좋겠다.

정해진 내 삶이 무서웠다

공부를 못하면 쓸모없는 인간이 되는 것 같았다.
놀고먹더라도 대학은 나와야 한다고 했다.
직장에 다녀야 결혼을 할 거 아니냐고들 했다.
아기를 낳는 것이 결혼의 목적인 것처럼 말을 했다.
아파트 한 채를 가지는 것이 평생의 목표 같았다.

그 모든 정해진 답들이 무섭고 싫었다.

내가 나를 판단하기 전에 세상이 나를 먼저 판단하고
내가 내 길을 정하기 전에 세상이 내 길을 정해놓았다.

그 누구도,
내가 어떤 삶을 살고 싶은지 물어봐주지 않았다.

그래, 너는 어떤 삶을 살고 싶니?

행복한 삶이요.

다른 사람들에게 행복해 보이는 삶 말고
내가 행복해하는 삶이요.

좋은 게 더 많은 세상

편두통이 심해져서
새벽 5시에 응급실에 가서 주사를 맞고 왔다.

돌아오는 길에 보니 아무도 없는 길에
소복하게 눈이 쌓여 있었다.

그 풍경이 너무 예뻐서
아팠던 것도 잊은 채 남편이랑 사진을 찍었다.

지나가는 사람 하나 없는 새벽의 눈길.

그래도 아직은,
좋은 게
예쁜 게 더 많은 세상.

당신은 특별하지 않다

어느 책에서 이런 구절을 읽었다.
"당신은 특별하지 않다."
읽는 순간 홀가분해졌다.

우리 모두는 특별한 존재입니다.
당신은 특별한 사람입니다.

이런 이야기를 귀에 딱지가 앉게 듣고 자랐다.
특별해져야 한다는 강박이 생길 정도였다.

뭔가 내게도 특별한 재능이 있는데 못 찾고 있는 건 아닐까 불안했다.
아니, 찾지 못하면 인생이 망할 것 같은 느낌마저 들었다.

분명히 나는 특별하다고 했는데 너무 평범하게 살고 있었다.
상실감과 비교, 나는 왜 이럴까 자책까지 했다.
평범해서는 안 될 것 같은 느낌.

누구나 특별한 재능이 있는 건 아니다.
당연히, 흔하디흔한 사람 중 하나일 수도 있다.
그게 나쁜 것인가 생각하면 그렇지도 않은데
어떻게 하면 남보다 특별하게 보일까,
근심하면서 사는 게 요즘 세상살이인 것 같다.

'나는 특별하지 않다.'
그냥 나답게 살면 되는 거겠지.

전부는 아니지만

작고한 가수 신해철 씨가 인터뷰에서 한 말이다.

"인생은 산책 나온 거라고 생각해요.
태어난 것 자체로 목적을 다한 것.
인생은 보너스 게임이라는 거죠.
산책하러 가는 데 엄청난 의미를 부여하는 사람 있나요?
당신들의 인생, 여유 있게 즐기면서 가세요."

다 극복하고 살 수는 없어

친한 언니가 해준 말이다.
아무리 좋은 일도, 누군가에게 강요해서는 안 된다고.
받아들이는 사람에게는 그게 오히려 폭력이 될 수 있다고.

'할 수 있어. 한번 해봐.
어렵지 않아. 네가 못할 리 없어.'
만약에 그 말을 듣고 해내지 못한다면 어떻게 될까.

'이런 것조차도 못 해냈구나.
이렇게 쉬운 것도 못 해냈어.'
그렇게 더 우울해질 수도 있는 것이다.

'노력해서 안 되는 게 어딨어?'라는 말을 듣고 자랐다.
어린이 방송만 봐도 친구들의 응원으로
잘 못 걷던 아이가 멋지게 걷고,
노래를 못하는 아이가 용기를 내어 노래를 하고
발표를 못하는 아이가 친구들의 응원을 받고
멋지게 발표를 해내는 엔딩으로 끝이 났다.

하지만 이게 폭력일 수도 있다는 걸 왜 몰랐을까.
노력으로 모든 게 다 극복된다는 생각 안에서
못 해내면 스스로를 자책하고,
못 해내겠다는 친구를 애써 응원했던 나날들.

모든 것을 다 극복하며 살아갈 필요가 없다는 말을
그때는 누구도 해주지 않았다.

"모두 다 극복하고 살 수는 없어.
가끔은 숨고 싶으면 숨고
피하고 싶으면 피하면서
그렇게 살아도 괜찮아.
세상에 극복할 게 얼마나 많은데
그걸 다 극복하고 살아?"

힘을 내기 위해 읽어보는 자기계발서의 진실은
'너는 부족해.'에서 시작된다고 한다.

사람들은 자신이 어떤 사람이란 것을 깨닫기도 전에
남들처럼 못한다는 이유로 스스로에게 채찍질만 하는 것이다.

지금 우리에게 필요한 건
'할 수 있어. 조금만 더 노력하면 될 거야.'라는 응원이 아니라

하고 싶지 않은 것을 하지 않을 수 있는
용기가 아닐까…….

자! 용기를 내서 말해보자

내가 할 수 있다고 믿는 모든 사람들에게
용기를 내서 말해보자.

믿고 싶지 않겠지만 난 못해요.
나는 소질이 없어요.
그 일이 즐겁지 않아요.
무엇보다 하고 싶지 않아요.
OK?

카운트다운

무언가를 계속해야 할지 말아야 할지 결정할 때
내가 가장 자주 쓰는 방법은 바로 이것이다.

사람은 언젠가 죽는다.
어쩌면 당장 내일 죽을 수도 있다.
만약 내일 죽어도,
이 일을 지금 할 것인가?

스스로에게 질문을 던진다.

그렇다는 대답이 나오면
그 일은 정말 중요하거나 좋아하는 일이다.
그렇지 않다는 대답이 나오면
생각보다 중요하지 않거나 하기 싫은 일일 것이다.

누구도 자신에게 남은 날이 얼마나 되는지 알지 못한다.
오늘이 삶의 마지막 날이라고 생각하고 살다 보면
쓸데없는 고민으로 낭비하는 시간들이 조금은 줄어들지 않을까.

아무나 돼

「한 끼 줍쇼」라는 방송 중에 지나가는 아홉 살 꼬마를 만나
강호동이 말을 걸었다.

강호동 : 어떤 사람 될 거예요? 어른이 되면…….
이경규 : 훌륭한 사람이 돼야지.

이때 이효리가 꼬마를 보고 한마디를 했다.

이효리 : 뭘 훌륭한 사람이 돼?
그냥 아무나 돼.

내가 아홉 살 때 이런 말을 들었어야 했는데.

내 인생이 먼저

언젠가 언니가 그랬어요.

사람에 대해서는
기대도 하지 말고
실망도 하지 말고
예측도 하지 말고
고민도 하지 말라고.

인간관계는 정말 허무한 거라고.

그 허무한 것에
인생을 너무 투자하지 말래요.
그럴 시간이 있으면
너 자신에게 투자하라고.

내 인생에 따라 만나는 사람이 생기는 거지
만나는 사람에 따라 내 인생이
끌려다닐 수는 없는 거니까요.

나비효과

나로 인해 행복한 사람이 아무도 없는 것 같았다.
내 실수를 내 잘못을 만회할 무언가를 해야만 했다.
어쩌면, 사랑받고 싶었던 것 같기도 하다.

일하고 돌아온 엄마에게 달려가 매달리면 '덥다'며 밀어내셨다.
엄마는 단지 고단했을 뿐인데 나는…….
나도 모르게 엄마를 이렇게 힘들게 만든 원인이
내가 저지른 일들 때문은 아닐까 두려웠다.

엄마가 옆에 있어도 늘 엄마가 그리웠다.
나에게는 엄마가 너무 큰데 엄마에겐 너무 작게 느껴지는 나였다.
엄마가 뭐라고 야단을 치면 대꾸조차 못 하고 서럽게 눈물만 흘렸다.

마음을 몰라주는 엄마가 너무 서러웠다.
그런 내게 엄마는 뭐라고 말만 하면 울어서 말을 못 하겠다 하셨다.

친오빠는 어느 날 술을 마시고 와서는
너 흉터 때문에 시집이나 제대로 가겠느냐며 걱정을 했다.

순간 깨달았다.
나는 보통 사람들처럼 연애를 하진 못하겠구나.

결혼을 한 지금도 엄마는 사위에게 늘 미안해하는 모습이다.
나는 엄마가 나를 자랑스러워했으면 하는데
엄마는 늘 부족한 딸을 받아줘서 고맙다고만 한다.

어찌 생각해보면 흉터는 그저 내 피부에 없던 무늬가 생긴 것뿐인데
내가 바뀐 것은 아무것도 없는데
그 무늬들은 서서히, 천천히, 가랑비에 옷 젖듯이
엄청난 무게로 내 삶 전체를 흔들었다.

처음엔 그저 팔랑이는 작은 나비였을 뿐인데…….

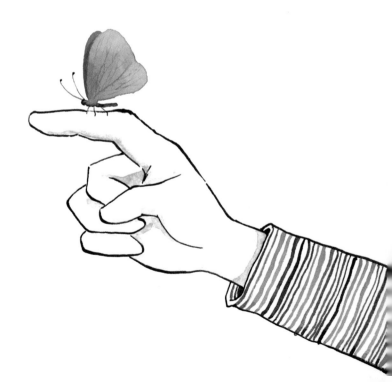

허락해줄게

'열심히 살아라!'
그렇게 외치는 책들을 보고 열심히 살았는데
요즘은 또 세상 신경 쓰지 말고 '나대로 쿨하게 살라'고들 해.
그런데 나는 쿨하지도 않고 신경도 많이 쓰고 예민하기만 하고
무엇보다 이게 고쳐질 것 같지도 않아.

좋은 책들에 나오는 쿨한 글들처럼 살기 위해 노력하다 보면
남들이 말하는 편하고 자존감 높은 인생처럼 살려고 노력하다 보면
내 불안한 성격들에 구멍들만 더 크게 보일 것 같아.

누가 그러더라고.
문제라고 인식하는 순간 문제는 더 커지는 거라고.

내 집착과 예민함, 불안함, 부족함, 그렇게 이겨내고 고치려면
내 인생 한평생 노력만 하다 끝날 것 같아.

전쟁처럼 살아가는 대신에
부족하면 부족한 대로 불안하면 불안한 대로
조금 힘들어도 조금 포기하고 생긴 대로 사는 게 덜 피곤하지 않을까.
그렇게 사는 게 틀린 건 아니지 않을까.

세상 모든 것들이
부모가, 자식이, 친구가
완벽해서
편안해서

자존감이 높아서
사랑하고 사랑받는 것은 아니니까.

충분히 노력했는데도 안 되는 거면
그냥 조금 더 남들보다 상처받고
조금 더 손해 보고
조금 더 힘들게 살아도 괜찮겠다.
스스로 좀 허락해보려고 해.

고생했다.
어쩌겠니.

왼손으로
그린 그림처럼
서투른
나의 세상살이.

나 자신보다 더 큰 이유

어렸을 때 엄마가 내 사주를 봤는데
물, 불, 개를 조심하라고 했단다.

우습게도 나는 뜨거운 물에 두 번 화상을 입고
중3 때는 3미터 계곡물에 빠져 정신을 잃은 적도 있고
우리 집 개들은 하나같이 나를 싫어해서 얼굴을 물리기도 했다.

친구랑 이야기를 하다가 알게 되었는데
친구네 신랑도 나랑 비슷하다고 한다.
늘 물을 조심하라고 했다고.
그래서 정말 물가에 잘 안 가면서 살아왔는데
최근에 문제가 생겼다고.

아이들이 크면서 자꾸 물놀이를 가자고 하는 것이었다.
안전하게만 살아온 친구네 신랑은
처음으로 수영을 배우러 다닌다고 한다.

「TV동물농장」에서 프랑스에 있는 노숙자들 중
반려견과 함께하는 노숙자를 취재한 적이 있는데
그들의 말 한마디가 마음을 울렸다.

"내 개가 없었다면 나는 죽음을 택했거나 벌써 사라졌을 것이다.
내가 없으면 내 개도 죽는다. 내 개를 위해 나는 살아야 한다."

때때로 나를 더 강하게 만드는 것은
나 자신보다 내가 사랑하는 것들에 대한
바로 그 책임감일지도 모르겠다.

노력하는 만큼 보이는 것

"「고백부부」라는 드라마 봤어? 보는 내내 펑펑 울었어.
전쟁 같은 삶에 지친 부부 이야기인데
언니는 남편이랑 사이도 좋고 하니까 봐도 공감 못 하겠지?"

물론 겪은 사람만큼 다 알 수는 없겠지.
하지만 똑같은 일을 겪는다고 꼭 똑같이 느끼지는 않아.

그냥 상대를 좋아하는 만큼 공감하려고 노력하고
공감하려고 노력하는 만큼 보이는 거겠지.

댓글

10여 년 전, 어떤 작가의 홈페이지에 글을 남긴 적이 있다.

글과 그림이 너무 마음에 든다는 단순한 내용의 글.
그런데 좀 이상한 일이 벌어졌다.

모든 글에 댓글을 달던 그 작가는
내 글에만 댓글을 달지 않았다.

혹여 못 본 것인가, 하는 생각.
늦게라도 보면 달지 않을까 하는 생각에
나는 며칠 동안 게시판에 들어가서 내 글을 확인했다.

혹시 기분 나쁜 글을 쓰진 않았는지 여러 번 다시 읽어봤다.
별 내용이 없었다.

내 글에 댓글은 여전히 달리지 않았는데
새로 올라온 글에는 하나도 빠짐없이
계속 댓글이 달리고 있었다.

이 작은 사건은 꽤 내 마음에 오래 남았다.

사실 나는 인터넷에 글을 잘 올리는 편이 아니었고
글을 한번 올리는 데도 큰 용기가 필요한 사람이었다.

얼굴이 보이지 않는 상태에서 글이란
오해를 부르기 너무 쉽다는 걸 알기 때문이었다.

어느 순간부턴가 나는 내 블로그에만큼은
열심히 댓글을 다는 사람이 되었다.
혹시 누군가가 내가 느낀 그 감정을 느끼는 게 싫었다.

가끔 지난 글에 달린 댓글이나 외출 시 읽은 글에
깜박하고 댓글을 못 다는 경우가 있지만
몇 달 뒤라도 발견하면 그때라도 다는 편이다.

며칠 전에도 몇 달 전에 달린 놓친 글에 댓글을 달았더니
글 남기신 분이 다시 글을 남기셨다.
"몇 달이나 지났는데 댓글을 주셨네요."라고.
나는 그저 "그게 맞는 것 같아서요."라고 대답했다.

이런 작은 집착들이
가끔은 숙제처럼 나를 더 무겁게 만들지도 모르지만
내가 감당할 수 있는 선에서는 지키고 싶다.

글 쓰고 나서
블로그 확인해봄.
헉, 생각보다
빼먹은 댓글이 많았네.

ㅠ!ㅠ

나는 바뀌어간다

미술심리상담 수업시간에 MBTI 검사를 한 적이 있다.
외향, 내향, 사고, 감정 등 8개의 성향으로 16가지 성격유형을 나누어
내가 어디에 속하는지 확인해보는 검사의 일종이다.

검사지를 받아들고 잠깐씩 고민하는 순간들이 생겼다.
나는 이쪽인가? 아니면 저쪽인가?
아니나 다를까 검사시간이 끝나고 한 사람이 질문을 했다.

"교수님, 이 검사를 조금 이따 다시 해보라고 하면
또 다른 결과가 나올 것 같은데 바뀔 수도 있나요?"

교수님은 그렇다고 했다.
바뀌는 것이 당연하다고.
그날의 기분에 따라, 내가 처한 상황에 따라, 만나는 사람에 따라
얼마든지 바뀌는 것이 정상이라고.

사람은 나이를 먹는다.
몰랐던 많은 것들에 대해
직접적, 간접적으로 알아가면서
절대 그럴 수 없다던 많은 것들이
'그럴 수도 있지.'로 바뀌어간다.

어쩌면 바뀌는 것이 부끄러운 것이 아니라
전혀 바뀌지 않고 나이만 먹는 것이
더 부끄러운 일인지도 모르겠다.

꼰대는 되지 말기

심리상담 공부 중 알게 된 한 친구는 나보다 열네 살이 어린데
말도 잘 통하고 그림에 대해 하는 고민이 비슷해서
그림 이야기를 많이 한다.
가끔 내가 해본 것 중 이런 방식이 좋더라며 조언을 해줄 때가 있는데
그것이 혹여 잔소리로 들릴까봐 걱정이 되기도 한다.

「어쩌다 어른」에 꼰대가 되지 않는 법에 대해서 나왔는데
이것만 지켜도 꼰대는 안 될 것 같은 느낌.

첫째, 내가 틀렸을지도 모른다.
둘째, 내가 바꿀 수 있는 사람은 없다.
셋째, 그때는 맞고 지금은 틀리다.
넷째, 말하지 말고 들어라. 답하지 말고 물어라.
다섯째, 존경은 권리가 아니라 성취다.

시작하기 좋은 나이

102세 파우자 싱(FOUJA SINGH)
　　마라톤하기 좋은 나이

99세 시바타 도요(SHIBATA TOYO)
　　시인으로 등단하기 좋은 나이

89세 도리스 해덕(DORIS HADDOCK)
　　미국을 횡단하기 좋은 나이

45세 조지 포먼(GEORGE FOREMAN)
　　세계 챔피언 벨트를 되찾기 좋은 나이

94세 안토니오 스트라디바리(ANTONIO STRADIVARI)
섬세한 바이올린을 만들기 좋은 나이

57세 임마누엘 칸트(IMMANUEL KANT)
첫 책을 내기 좋은 나이

54세 로알 아문센(ROALD AMUNDSEN)
북극을 탐험하기 좋은 나이

꿈 앞에서는 영원히 늙지 않는 돈키호테.
_「오! 진짜 짧은 다큐」 '나이 편' 중에서

내 인생에서 이제 모험은 힘들겠다 싶었는데
어쩌면 아직 시작하지 않은 것일 수도 있다는 생각이 들었다.

나를 의심한다

초등학교 산수 시간.

분명히 알고 있는 문제였는데
옆에 있는 아이가 다르게 푸는 걸 보고
내가 틀렸나, 하는 생각에 그 아이를 따라 한 적이 있다.
그러다가 결국 학교에 남아 나머지 공부를 하게 되었지만.

살다 보면 나는 종종 답을 알고 있었음에도
주위를 둘러보고 눈치를 보다 잘못된 선택을 할 때가 있었다.

지금도 그랬고 예전에도 그랬다.
내가 좋아하는 그림보다 다른 사람이 좋아할 것 같은 그림을
내가 좋아하는 글보다는 다른 사람이 멋있다 생각할 것 같은 글을
그리고 쓴 적이 있었다.

그런 눈치 아닌 눈치가 길을 더 돌아가게 만드는 건 아닌지, 돌아본다.

지금 나에게는
인생에 대한 나머지 공부가 필요해 보인다.

자꾸 나를 의심한다.

행운을 빌어요

블로그에 놀러 오시는 분 중 한 분이 곧 결혼이라며
예비부부에게 조언을 해달라고 했다.

사실 결혼해서 부부가 잘 사는 건 운이라고 생각한다.
살아보기 전에는 모르니까 말이다.

그 운을 제외한 나머지 부분에 대해 조언인지 잔소리일지 모를,
내가 해줄 수 있는 이야기가 어떤 것들이 있을까 고민을 해봤다.

첫째로, 절대 하지 말아야 할 생각.
'당연하다.'

여자가 집안일을 하는 건 당연해.
남자가 돈 벌어오는 건 당연해.
내가 이만큼 했으니 네가 이만큼 해야 하는 건 당연해.
넌 원래 그렇게 해왔으니까 이렇게 하는 게 당연해.
다들 그렇게 살아. 그러니까 너도 그렇게 사는 건 당연해.

감사함이 사라지고 당연함이 자리 잡으면
모든 것들이 짜증나고 힘들어진다.

매일매일 일하고 오면 힘들지? 설거지 정말 깨끗하게 됐네.
자기도 힘든데 나 챙겨줘서 감사해.
이런 마음을 갖고 사는 게 중요한 것 같다.

둘째로, 절대 하지 말아야 할 생각.
'난 원래 그래.'

내가 원래 옳으니까 네가 나에게 맞춰야 하는 건 금물.

사람과 사람과의 문제에서는 수학 문제처럼 정해진 답안이 없다.

같이 살다 보면 어느 하나가 더 깨끗하고 부지런하고
어느 하나가 좀 덜 부지런하거나 느릴 수 있다.

따로 살아온 세월이 긴 만큼, 어느 쪽도 아마 바꾸기 쉽지 않을 것이다.
하지만 도덕책에 나온 것처럼 부지런한 건, 깨끗한 건 좋은 것이라며
그렇게 상대를 향해 네 성격을 바꿔, 라고 하는 건 틀린 일이다.
반대로 결벽증이냐며 따지고 드는 것도 마찬가지.

잘사는 나라의 행복지수가 꼭 높지는 않은 것처럼
행복이란 건 이상하게도 기준이 서로 다르다.

맞지 않는 습관조차 내가 사랑하는 사람의 일부분.
상대방의 삶에서는 느림이 정답일 수도 있다.

다만 중요한 것은, 이런 노력들을 혼자 해서는 안 된다는 것.
두 사람이 함께해야 한다.
일방적인 모든 것들은 언젠가 끝날 수밖에 없으니까.

마지막으로, 절대 하지 말아야 할 생각.
'결혼만큼은 제대로 하고 싶다.'

내게는 결혼에 대한 환상이 1퍼센트도 없었다.
결혼해서 행복하게 사는 사람을 본 적이
별로 없기 때문이었다.

남편도 나도 자취를 하고 있었는데
나에게 결혼이란 각자 따로 먹던 라면을 같이 먹는,
그런 정도 의미에 불과했다.

어떤 사람은 혼인신고를 하면 마음가짐이 달라진다는데
내게 혼인신고는 하나 안 하나 별 차이가 없는 일이었다.

대부분의 신혼부부들이 이제부터 '제대로' 살아보자며 무리를 한다.
제대로 된 집을 마련하고 싶어 하고 제대로 된 결혼식을 하고 싶어 하고
남들만큼 챙길 것들 챙기고 받을 건 받으면서 시작하고 싶어 한다.
'나'에 대한 가치를 '결혼'이라는 제도에 두기 때문이다.

결혼이라는 것에 염증을 느끼는 많은 사람들.
어쩌면 그들이 결혼을 기피하는 이유는
'나를 버려야 한다'라는 두려움 때문은 아닐까?

'다 그렇게 산다'의 뒤에 숨으면 해결되는 건 아무것도 없다.

다시 한번 말하지만 결혼은 절반 이상이 운이다.
그러니, 결혼을 앞둔 모든 분들께 "Good Luck!"

나에게 하는 응원

애니메이션 「썸머워즈」를 보면
할머니가 돌아가시면서 남긴 편지에 이런 문구가 있다.

"인생에 지지 마라."

살다 보면 운명이 나에게 싸움을 걸어올 때가 있다.
정답을 모르겠는데 결정을 해야 하고
가고 싶지 않은데 눈물을 흘리며 가야 할 때가 있다.

그럴 때 이 말이 문득문득 생각난다.

"지지 마라. 절대로."

일단 써!

친한 동생이 예전부터 쓰고 싶었던 동화가 있다며
수줍게 말을 꺼냈다.

종종 작가가 꿈이라는 분들의 메일을 받는다.
글을 어떤 식으로 써야 하는지, 어떻게 책을 낼 수 있는지에 대한.

나는 사실 글에는 전문가가 아니기에
뭐라고 구체적인 방법을 설명해줄 수는 없다.

그래서 가장 단순한 이야기를 한다.
친한 동생에게도, 그분들에게도 내가 늘 해온 말은
일단 써보라는 말이었다.

대부분 쓰기 전에 정확한 콘셉트를 잡으려고 하지만
사실 써보기 전에는 글이 어떤 방향으로 흘러갈지 알 수가 없다.

머릿속에서는 정리가 잘되었는데
막상 써보니 뭔가 안 맞는 흐름으로 전체를 고쳐야 할 때도 있고
별것 아닌 일상 한 줄 글인데도
막상 써보니 강력한 단어가 떠오르거나 옛날 일들이 연상 작용을 하면서 떠올라
새로운 멋진 글을 만들어내니까 말이다.

그리고 쓴 글은 신기하게도 다음 날 읽어보면 또 다르게 다가오고
한 달 뒤에 읽어보면 또 다른 부분이 느껴질 때가 있다.
그렇게 조금씩 수정하다 보면 내 글이 방향을 찾고 정리가 되는 것 같다.

그런데 머릿속에서만 가지고 있으면
그 생각 이상의 것은 절대 나오지 않는다.

그건 글이 아니라 그냥 생각일 뿐이니까.

글이 쓰고 싶다면
일단 글을 써봐야 한다.

이제 글은 썼는데 그다음은 어떻게 하느냐고 묻는 분들도 계신데
그다음은 남들에게 보여야 하지 않을까 한다.
혼자만 가지고 있다면 그냥 일기에 불과하니까.

블로그든 SNS든 다수의 사람들에게 내 글을 노출하다 보면
어떤 부분에서 사람들이 공감하는지도 알 수 있고
계속 써나갈 수 있는 동기부여도 되는 것 같다.

인터넷이든 책이든 읽은 사람들의 평가는 피할 수 없다.

노출된 글이 공감을 많이 얻게 되면
책을 내자는 제안은 들어올 수밖에 없지 않을까.

10여 년 전만 해도 출력된 원고를 들고 출판사를 직접 찾아가는
작가들이 많았던 걸로 알고 있는데,
최근엔 그런 이야기를 별로 들어본 적이 없는 것 같다.
기회는 많아졌지만 그만큼 경쟁은 치열해진 셈일 거다.

"책을 내면 작가로 먹고살 수 있나요?"
그런 질문도 종종 받는다.

얼마 전에 남편이 기사 하나를 보여준 적이 있다.
전업 작가들의 수입에 관한 글이었는데
매일매일 하루 종일 글을 써도 한 달 생활비가 안 나온다는 이야기였다.

물론 상위 1퍼센트의 유명 작가들을 제외한 이야기겠지만
한국에서 아직은 예술로 먹고산다는 건 힘든 일이 아닐까.

나부터도 남편이 없었다면
내 글과 그림을 작업할 시간이 없지 않았을까.

그래도 글을 쓰고 싶다면
그림을 그리고 싶다면
하고 싶은 걸 하고 싶다면
해야 한다고 생각하는 1인.

한 사람의 독자만 있어도 그 사람은 작가라고 생각한다.
좋아하는 일을 하고자 한다면 직업으로 다가가기보다는
가슴으로 다가가기를.

심장이 뛰지 않으면 사람은 죽는다.
그러니까
심장이 뛰는 일을 하면서 살아야 하지 않을까.

거기까지만 해

친구의 연애에는 깊이 관여하지 않는 것이 좋아.
대부분의 연애에는 문제가 있고 친구는 남친 탓을 하겠지.

네가 아무리 친구에게 이랬으면 좋겠다 저랬으면 좋겠다,
네 남친이 어떻게 그럴 수 있느냐 말해줘도
그 친구에겐 어차피 첫 번째가 남친이야.
그게 정상이고.

헤어지게 되면 남친이 나쁘다고 말했던 네 탓을 할 수도 있지.
자기가 헤어짐을 택한 건 너 때문이라고.

반대로 잘되어서 결혼이라도 하게 되면
남친에 대해 이런저런 이야기를 했던
네가 싫어지겠지.

넌 이래도 저래도 욕먹는 거야.

그러니까 그냥.

이해만 해.
위로만 해.
거기까지만 해.

생각해보면 황당한 이유

친한 언니가 해준 말.

대부분 어른들은 아이가 없으면
빨리 낳으라며 이런저런 이유를 말하잖아.

아이가 있어야 싸움을 해도 아이 때문에라도 살게 된다.
아이가 있어야 늙어서 덜 외롭다.
늙어서 아프면 자식이라도 있어야 돌봐줄 거 아니냐.
아이 키우는 재미도 없이 무슨 재미로 사느냐.

그런데 생각해봐.

다 어른들 입장에서 좋은 점만 나열하지,
아이 입장에서 좋은 점을 말하는 사람은 없지?

싸울 때 핑계가 필요해서
늙어서 덜 외롭기 위해서
아플 때 돌봐줄 사람이 필요해서
인생 재미있게 살려고
그래서……

아이가 필요해서 낳는다는 말만큼 무책임한 말이 또 있을까?

그런 생각이 들었다.

"나는 한 번도 부모님과 싸운 적이 없어.
나는 부모님의 행복을 위해 살아왔거든."
_애니메이션 「괴물의 아이」 중에서

효도는 셀프

곧 결혼하는 친한 동생이 시부모님이 결혼 선물을 따로 주셨다며
뭘 더 해드려야 하나 고민을 하고 있었다.

감사한 일이기는 하나 어차피 결혼하면 친정보다 더 많이 드나들며
노력해야 하는 게 시댁인지라 너무 미리부터 잘하고 싶어 하는 동생이
조금 안쓰러웠다.

둘만 잘 살면 된다고 하기에 그러면 되는 건 줄 알았는데
결혼을 함과 동시에 특히 여자에게 많은 기대와 역할이 주어진다.

효도는 셀프가 아닌가.

그런데도 대부분의 시어머님들은 자신의 무뚝뚝한 아들에게
싹싹한 며느리가 들어와서 중간 역할을 해주길 바라며
할 말이 있어도 아들에게 하지 않고 며느리를 부른다.
남편은 결혼을 하면서 그제야 무뚝뚝한 자신이
하지 못했던 효도까지 아내가 해주길 바란다.

처음 결혼을 하면 대부분의 며느리들은 무리해가며
시어머니에게 점수를 따기 위해 노력을 하기 마련이다.

무리한 노력이 시간이 흐르면
부담으로 다가오고
나만큼 친정에 노력하지 않는
남편이 미워 보이기 시작하고
무리를 당연히 받아들이는 시댁에
서운함을 느끼기 시작한다.

곧 결혼을 앞둔 친한 동생에게
딱 한마디를 해줬다.

"너무 노력하지 마."

내 나이 받아들이기

만화 『보노보노』에 나오는 구절.

"머리가 벗겨지는 건 쉬워. 그걸 포기하는 게 어려운 거야."

나는 언니, 오빠보다 유난히 흰머리가 많다.
거울을 볼 때마다 속상하지만 어쩔 수 없다.
나는 나이를 먹고 있고 언젠가는 쉰 살이 되고
예순 살이 되고 여든 살이 될 것이다.

주름이 늘어나고 관절은 약해질 것이며
번쩍번쩍 들 수 있었던 것들을 떨어뜨리고
청력이 저하되고, 미각이 약해지고
지금 당연하게 하는 모든 것들이
조금씩은 하기 힘들어질 것이다.

나는 늘 평생을 꿈꾸며 살아야 한다고 생각했고
20대의 사고방식을 가지고 나이 들기를 바랐다.

그런데 이젠 조금쯤 이런 생각이 든다.
그냥 좀 포기하고 내려놓고 받아들이자.

사람이 사랑을 하면 딱 3년 간다는 말이 있다.
이 말은 3년이 되면 사랑이 끝난다는 말이 아니라
그 시간을 함께하며 인생에 녹아들어
사랑의 종류가 조금씩 바뀐다는 말이리라.

어쩌면 더 멋질 수도 있을 그 시간들을
돌아갈 수 없는 젊은 날에 묶여 헛되이 보내지 않기를.

나는 그저 내가 좀 더 나의 나이 듦에 대하여
잘 받아들일 수 있기를 바란다.

지금 나이에
갇혀 살 필요는 없지만
젊은 시절의 나에게도
갇혀 살 필요는 없다.
나의 베스트는 오늘이기에……

그러지 말걸, 후회했던 순간들

누가 나에게 돌아가고 싶었던 때가 있느냐 묻는다면.

그 시절이 그리워서 돌아가고 싶은 게 아니라
그 당시 내 행동이 너무 후회스러워서 바로잡고 싶은 순간들이 떠오른다.
가만히 듣고만 있었던 내가 얼마나 바보같이 보였을까.
나 자신에게 화가 났던 두 가지 기억에 대해 말하고 싶다.

첫 번째는 첫사랑과 헤어졌을 때.

그 남자에게서는 이유 없이 연락이 없어졌고
나는 혼자 이별 준비를 하고 있었다.
길던 머리카락도 자르고
선물 받았던 반지와 휴대전화를 상자에 담아 돌려주러 그 남자를 찾아갔다.
나의 냉정해진 태도를 보고 그 남자는 무슨 생각을 했을까?
갑자기 애교를 부리며 나의 마음을 풀어주려 노력했고
다시는 그런 일 없을 거라며 잘못했다 말했다.
나는 아마 그 말을 믿고 싶었던 것 같다.

결과는……
그날은 우리의 마지막 날이 맞았다.
그 사람은 다시 연락이 없었고 나는 휴대전화와 반지를 택배로 보냈다.
나 자신이 그렇게 바보 같을 수가 없었다.

두 번째는 대학 때 베프에게 이별을 고했을 때.

대학 4년 내내 베프였던 그 아이.
졸업과 동시에 그 아이는 조교로 학교에 남고 나는 취직을 했는데
남친과 헤어지고, 회사에서도 잘리고,
모든 것이 틀어져버린 어느 날.
더 이상 참지 못하고 고향에 내려가던 길이었다.
그 친구에게 하루 정도 재워줄 수 있느냐 말하고 찾아갔다.

친구는 이사를 하는 날이었고 나는 차 있는 선배까지 불러
그 아이의 이사를 도왔다.
저녁이 되자 잠시 누굴 좀 만나고 오겠다던
그 아이는 술을 마시고 돌아왔다.
그리고 자려고 누운 나에게 말했다.
"4년 동안 네가 편한 적이 단 한 번도 없었어."

그냥 나왔어야 했다. 그 방에서.
나도 너 같은 친구 필요 없다고 말했어야 했다.
그 친구는 나의 그때 상황을 알고 있었다.
쉬려고 들렀던 친구로 인해 너덜너덜하게 마음이 찢어졌다.

밤이 지나고 아침이 왔고 그 아이는 아무렇지 않게 말했다.
"어제 내 말 신경 쓰는 거 아니지?"
나는 그 뒤로 그 친구에게 연락을 한 적이 없다.

그 뒤로 나는 생각이 많이 바뀌었다.
관계는 노력으로 이어가면 안 되는 거구나.
그저 한 사람을 만나도 비슷하고 통하는 사람을 만나야겠구나.
없다면 차라리 안 만나는 것도 나쁘진 않겠구나.
억지로 끼워 맞추면 결국은 상처받는 것은 나 자신이구나.

두 번의 이런 기억이 있지만 세 번째는 만들지 않도록
이제는 나를 좀 지키면서 살아가고 싶다.

오늘만 살자

13년 동안 방송해오던 「무한도전」이 마지막 방송을 하던 날.
메인 MC가 이런 말을 했다.

"매주 하다 보니 13년이 된 거지. 처음부터 13년을 하라고 했으면
아마 못했을 거예요."

예전에 나도 13년 동안 한 주도 안 빼고 일기를 올리며
홈페이지를 운영했다.

사람들이 종종 물었다.
어떻게 13년 동안 일기를 한 주도 안 빼고 올릴 수가 있느냐고.

처음부터 13년을 하겠다고 시작한 건 아니었다고.
그저 이틀에 한 번 사흘에 한 번 일기를 올리다 보니
13년이 되었다고 대답했다.

잘 사는 방법이라는 게 있을까?
그저 오늘 하루 잘 살아내면 그날들이 모여서
어느 날 돌아보면 별처럼 반짝이는 하루하루가 모여 있지 않을까.

오늘만 잘 살자, 라는 마인드로 하루하루를 쌓다 보면
불가능하다고 생각한 많은 것들을 해내고 있지 않을까.

너무 높은 꿈을 꾸지 말자.
너무 먼 미래를 걱정하며 살지 말자.
일단 오늘 하루만 잘 살아보자.

그깟 말 한 마디

누군가로 인해 생긴 상처는 회복이 힘들 때가 많다.
단지 상처가 크기 때문이 아니다.

저 사람이 언제 또 나에게
같은 상처를 줄지 모른다는 두려움 때문이다.

그래서 대부분의 인간관계는 커다란 사건이 아니라
작은 말 한 마디로 깨진다.

그러니 부디 '그깟 말 한 마디에 깨질 우정이라면.'이라고
말하지 말기를……

세상이 공평하려면

영화 「신과 함께」를 보고 나오는 길에 남편에게 물었다.

"오빠는 사후 세계나 환생이 있었으면 좋겠어,
없었으면 좋겠어?"
"없었으면 좋겠어. 깔끔하게."

나는 발끈해서 계속 물었다.
"열세 명을 죽인 살인자가 편안하게 살다가 죽어도
죽고 나서 아무런 처벌 없이 그대로 끝나는 게 좋아?"

묻다 보니 계속 묻게 되었다.
"오빠는 우리 커피랑 모카(고양이들)
하늘나라 가서라도 다시 만나고 싶은 생각이 요만큼도 없어?"

남편은 결국 그래 있었으면 좋겠다. 하고 웃고 말았지만
나는 환생이 있다고 믿고 싶고
사후세계가 있다고 믿고 싶었다.

세상엔 안타까운 죽음들이 너무나 많다.
그리고 죽음으로도 갚을 수 없는 죄를 짓고 사는 사람도 너무 많다.

이 세상에서 다 처벌할 수 없다면
저세상에서라도 꼭 처벌을 받았으면 좋겠다.

그래야 세상이 조금은 공평하지 않은가.

미안해.
너를 잊고 살았어.
잊지 않고는
살 수가 없어서
잊으려고 노력했어.
미안해.

대신 살아줄 수 없다면

'어른들 말 틀린 거 하나 없다.'라는 말을 들으면 가끔 숨이 막힌다.

어른들이 살아오신 길이 내 인생의 정답일 수 없다는 걸
너무 많이 느끼며 살아왔다.

부모님 세대에는 그게 옳았을 거다.
내가 살고 있는 시대에는 내가 옳다고 생각하는 방식으로 살면 되고
다음 세대는 또 다른 정답을 그들 스스로 찾아야 맞는 거다.

윗세대를 다 이해시킬 수도 없고
다음 세대에게 넌 틀렸다며
내 답을 알려주어서도 안 된다.

자신만 챙기기도 버거운 세상살이.
응원만 해줘도 모자랄 판에
남들을 이해시키느라 허비해서는 안 된다.

끝까지 대신 책임져줄 수 없다면
애초에 끼어들지 말자.

내가 이루고 싶은 꿈은 내가 이루는 것이 맞으니까.

좋은 사람

남에게 좋은 사람이 되기 위해
나를 힘들게 하진 말아야지.

3장

흐르는
강물처럼
살아보기로
했다

사정이 있겠지

약속 시간에 늦을 수 있다.
생일을 잊을 수도 있다.
계산을 미룰 수도 있다.
연락이 잘 안 될 수도 있다.

연인이든 친구든 인간관계에서 그럴 수 있다.

하지만 매번 그런다는 것은 다른 이야기다.

약속 시간에 매번 늦고 생일을 매번 기억하지 못하고
매번 내가 계산을 하는 걸 당연하게 생각하고
매번 힘든 일이 있어 나의 힘듦을 말할 공간이 없는 사람.

살다 보면 바쁘다 보면 털털하다 보면
힘들다 보면 그럴 수도 있지.

핑계다.

그저 약속이 중요하지 않았던 거다.
생일을 기억할 만큼 관심이 없었던 거다.
자기 외에 다른 사람의 삶은 중요하지 않았던 거다.

정신 차려야 할 사람은
상대방이 아니라
나 자신이다.

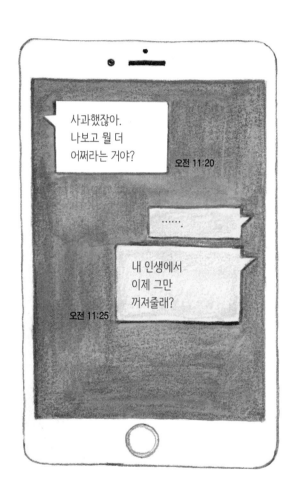

참 잘했어요!

"언니, 난 일요일 저녁이 제일 싫어.
다음 날이 월요일이라서……."

친구가 월요병을 호소하기에 나도 한마디 거들었다.

"난 서른아홉이 젤 싫더라. 그다음이 마흔이라서……."

그러자 친구가 말했다.

"난 나이 먹는 거 좋아.
내년에 서른아홉 되는 것도 좋아.
참 잘했어요 도장 39개 받는 거 같아.
100개의 숙제 중에 39개 한 거 같아.
언닌 나보다 3개나 더했네.
얼마나 좋아?"

참 이쁜 말이다 싶었다.

"근데 나는 왜 숙제를 안 하고 싶지?"

엄마의 최선

나는 초등학교를 세 군데나 거쳤다.
전학을 2년에 한 번꼴로 한 셈이다.
안 그래도 아파서 1학년을 제대로 다니지 못했던 탓에
학교에 적응도 잘 못 했던 터라 전학 가기가 싫었지만
엄마에게 투정 부릴 수 있는 상황이 아니었다.

그때 우리 집안은 지낼 곳이 없어서
길가에 나앉느냐, 어디라도 들어갈 수 있느냐가 문제였다.
엄마는 삶의 질과 행복보다는 굶지 않기를
지붕 있는 곳에서 잘 수 있기를 먼저 신경 써야 했다.
전학으로 위축된 막내의 마음까지 돌보시기에
엄마의 스물네 시간은 너무 짧았다.

그것이 엄마의 최선이었던 것을 의심해본 적은 없다.
누군가의 말처럼 그땐 다 그렇게 힘들게 살았고
아이들은 다 그렇게 자기들끼리 어울려 컸다.

그러나……
아이들을 키우는 친구들이 종종 그런 말을 한다.
아이의 성향은 타고나는 게 반이고 가르치는 게 반이라고.

나라는 아이에게는 그 상황들이 조금 벅찼다.

아주 늦었지만 지금 이 나이가 되어 이제야
조금씩 나를 다독이며 결핍을 채워가고 조각난 마음들을 붙이려고 하고 있다.
그것이 지금 나를 위한 최선일 것이다.

후회는 없다

나는 친구든 연인이든
떠나보낸 후에 후회해본 적이 없어.

누군가를 대할 때면 늘 내가 할 수 있는 최선을 다하거든.
나 자신이 너덜너덜해질 정도로…….

적어도 돌아서는 이유가 '나'는 아닌 거야.

그래서 내 인간관계에 후회는 없어.

오빠랑만 놀아

내가 가끔 인간관계로
힘들어할 때면
남편은 늘 이렇게 말한다.

"오빠랑만 놀아.
오빠가 있는데 뭐가 걱정이야.
힘들어하면서
사람들 만날 필요 없어."

그래. 그까이꺼.
오빠하고만 놀지 뭐.

나 때문에 누군가가 상처를 받고 연락이 뜸해지면
그걸 참 못 견뎠다.
내 잘못도 아닌데, 그 사람이 먼저 막 대했는데
나하고 원래부터 성격이 안 맞았는데
뜸해지는 계기가 나한테 있는 것 같으면
공백을 못 참고 먼저 연락을 하고 사과를 했다.

그런 다음에, 또 그 사람 때문에 힘들어하고.
그러한 반복들.

심리상담 공부 때 만난 언니는 내게 말했다.
너는 배려가 너무너무너무 많은 사람이라고.
그렇게 살면 주변 사람들은 참 편하겠지만
너는 너무 힘들 것 같다고.
너는 그렇게 살지 말라고 했다.

상대방이 내게 실망할까봐 조마조마하며 살아왔다.
늘 좋은 모습만 보이려 노력하고
이해하고 받아들이지 못하는 건 내 탓일 거라고.

내가 좀 더 이해하면 되는 건데……
내가 좀 더 노력하면 되는 건데……
그렇게 나를 못살게 굴었던 것 같다.

싫으면 싫은 것, 부담스러우면 부담스러운 것,
짜증나면 짜증나는 것.
그게 내 감정인데.

별로 소중하지 않은 사람을 생각하고 배려하는 데
내 소중한 시간을 너무 많이 투자해서는 안 될 테니까.
언젠가 들었던 말을 늘 마음에 새겨두려고 한다.

"나를 상처 주면서까지 유지해야 할 관계는 없다."

애초에 몰랐던 사이

사람을 처음 알아가는 과정에서
나는 늘 심하게 조심스럽다.
연애든 친구 사이든 사람이 갑자기 다가가면
얼마나 부담스러운지 잘 알기 때문이다.

알아가기 시작한 누군가에게 문자를 보내놓고는
살짝 걱정을 하고 있었다.

"부담 느낄까봐 조심스러워. 불편해하면 어떻게 해?"

남편이 말했다.

"불편해하면 안 보면 되지. 원래 모르던 사람이잖아."

생각해보면
그 사람을 모르던 때에도 잘 살았다.

인연도 흐르는 강물처럼

10년이나 함께했는데……
20년이나 함께했는데……

그런 거 다 소용없어.
아무리 오래 함께해온 인연도
정말 작은 돌부리에 걸려 꺾이고 어긋날 수 있어.

노력으로 이어진 인연이라면
내 노력이 끝나는 순간 끝이라는 건데
어떻게 그렇게 피곤하게 인연을 하나하나 잡고 노력하고 살아.

내가 그 인연을 놓지 않았다면
내게는 새로운 그 어떤 인연도 생기지 않았을 거야.

빈자리가 있어야
새로운 인연도 들어오는 법이거든.

나에게 맞는 옷

오래전, 친구랑 철학관에 점을 보러 갔다.

내가 스물여덟에 결혼을 했다고 하자
서른이 넘어서 결혼을 했어야 최고의 남자를 만났을 거라며
백화점 가서 좋은 옷을 살 수 있었는데
가는 길에 로드샵에서 그냥 옷을 사버린 경우라고 했다.

가끔 그 이야기가 생각이 나서 남편을 놀리기도 하는데.

오랫동안 편하게 자주 입게 되는 옷이
꼭 백화점에서 구입한 비싼 옷은 아닌 것처럼
로드샵에서 사든 시장바닥에서 사든
내가 오래 편하게 자주 입는 옷이면 되는 거 아닌가.

한 가지는 확실히 알고 있다.
백화점에 가도 이렇게 잘 맞는 옷은 없었을 거라는 걸.

불행아

스물다섯 살 어느 추운 겨울날,
서울 여의도 거리를 울며 걸어 다닌 적이 있었다.

옮겼던 직장에서는 디자인의 '디'자도 모르는 영업팀장이
디자인팀장으로 와서는 온갖 구박을 하고 있었고,
살고 있던 옥탑방에서 성폭행을 당할 뻔한 뒤에
부모님과 함께 사는 아는 언니네 집에서 머물고 있었던 그때.

회사에서 퇴근을 해도, 재워준 것만으로 감사한 언니네 집에 들어가
밥을 달라고 할 수는 없었다.
먹고 들어왔다 해도 믿을 만한 시간이 될 때까지
거리를 배회하고 다녔다.

고향집으로 돌아가고 싶은 마음과
지금 내려가면 다시는 서울로 돌아올 수 없을 거라는
막연한 두려움 사이에서

이러지도 저러지도 못하고 추운 여의도 거리를
걸어 다니며 눈물을 뿌렸다.

그 시절 내 옆을 지키고 위로했던 건 김광석의 노래뿐.

이 거리 저 거리 헤매이다 잠자리는 어느 곳일까
지팡이 짚고 절룩거려도 어디엔 듯 이끌리리까
그리운 부모형제 다정한 옛 친구
그러나 갈 수 없는 신세 홀로 가슴 태우다
흙속으로 묻혀갈 나의 인생아

묻혀갈 나의 인생아
묻혀갈 나의 인생아
묻혀갈 나의 인생아
묻혀갈 나의 인생아

사이코여도 괜찮아

별것 아닌 일들로 걱정이 많은 나.

전쟁이 나는 꿈이나 꾸고
길 가다 나쁜 사람을 만날까봐 밤에도 잘 못 다니고
건강 염려증도 심하잖아.

나는 왜 이렇게 이상한 생각을 많이 하지?

옆에서 지켜보기에 웃기고 한심할 때가 많겠다며 칭얼거리면
남편이 말한다.

"괜찮아.
나랑 둘이 있을 땐.
어떤 모습이어도 괜찮아.
네가 사이코여도 괜찮고 변태여도 괜찮아.
내가 괜찮은데 무슨 상관이야?"

나는 왜 이렇게 생겨먹은 것인가.
왜 나만 이렇게 모든 것이 힘든 것인가.
내 머리가 복잡할 때마다 이렇게 말해줘서 고마워.

이상한 게 아니라고 말해줘서.

생각보다 가까운

우리는 모두 내일이 당연히 올 것처럼 오늘을 산다.

김주혁 배우의 사망 소식을 들었을 때 큰 충격을 받았다.
그 배우의 팬도 아니었는데 아는 사람이 떠난 것 같은 기분.
집에서 아무도 없을 때 혼자 훌쩍이며 울었다.

그날은 하루 종일 영화 「광식이 동생 광태」에서 배우가 불렀던
「세월이 가면」이라는 노래를 들었다.

남편과 함께 마트를 가는 길이었다.
할머니가 휠체어에 타고 할아버지가 휠체어를 밀면서 걸어가고 계셨는데
할아버지도 다리를 떠는 듯, 그리 건강하시진 않은 것 같았다.

그 모습을 보면서 나는 걱정스레 말했다.

"에효, 할아버지도 힘드실 텐데 할머니 휠체어 밀고 가시는 거 봐.
우리도 나이 들어서 둘 다 아프면 어떻게 해? 너무 안쓰럽다."

그러자 내 말을 들은 남편이 말했다.

"저분들처럼 저 나이까지 같이 살아 있는 것도 쉬운 일은 아닐지 몰라.
둘 중 하나가 다른 하나를 보살펴줄 수 있다는 것도
진짜 큰 행운 아닐까?"

같은 날 편안히 함께 갈 수 있는 행운이
우리에게도 오면 좋겠다고 생각했다.

못하는 게 아니라 안 하고 싶은

내성적이고 조용하기만 하던 내 성격이
급격하게 외향적으로 변하기 시작한 건 아마도
세 번째 직장에서 친한 사람들과 함께 다니게 되면서부터였다.

대학 때만 해도 나를 아는 사람들은
하나같이 내성적이고 조용하다고 나를 평했다.

그랬다. 대학 내내 친구는 딱 두 명뿐.

성격이 바뀐 이후 가끔 대학 시절을 돌이켜보며 이런 생각을 했다.
이제는 다시 돌아가면 누구하고나 잘 지낼 수 있을 것 같은데…….

그런데 요즘 와서는 생각이 또 바뀌었다.

대학 시절로 다시 돌아간다 해도……
두루두루 친한 관계라는 거,
그땐 못했다고 한다면 이젠 안 하고 싶다는.

한때 모든 사람과 잘 지낸다는 것이 참 멋있어 보였다.
인생에 있어 가장 중요한 것은 인간관계라고
가장 큰 재산 또한 사람이라고 들어왔다.

그래서,
누구하고나 잘 지내는 사람이 나는 세상에서 가장 부러웠는데.

이제는 뭐랄까, 좀 허무하게 느껴진다.

굳이 나와 맞지 않는 사람들과 함께
그들의 이야기를 듣고 호응을 해주는 시간들이.

잠깐을 만나도 대화가 편하고 잘 맞는 사람을 만나고 싶어졌다.
그리고 그렇게 바뀌어서 그런 사람들만 남은 게 지금이다.

왜 그렇게 혼자 밥 먹는 것이 두려웠을까.
왜 그렇게 무리에 끼지 못하는 것이 두려웠을까.

지금도 마음껏 혼자만을 즐기며 사는 그런 류의 사람은 못 되지만
적어도 한 가지는 알게 되었다.

사람과 사람은 서로가 서로에게
긍정적인 무언가를 줄 수 있어야만 한다.

그저 외로움을 피하기 위해, 감정을 풀어내기 위해
그렇게 생긴 인간관계는 절대로 오래가지 못한다.

혼자라는 두려움에서 벗어난 후에야
이제 내게도 만나고 싶은 친구를
선택할 수 있는 여유가 생겼다.

너는 그런 아이야

"내가 잘못 선택한 거면 어쩌지?"

불안해하는 친구에게 이렇게 말해준 적이 있다.

"내가 아는 너는 충분히 신중하고 또 신중하고
겁이 많은 아이야.
무슨 일이든 여러 방향에서 일어날 일들을
미리 생각하고 대책을 세우지.
그 상황에서 네가 한 선택은 아마 최선이었을 거야.
너 자신을 못 믿겠다면 너를 잘 아는 나를 믿어봐.
다시 돌아가도 너는 그 선택을 했을 거야."

나를 믿지 못할 때가 있다.
나의 선택을 끝없이 의심하려 할 때가 있다.

돌아갈 수 없다는 걸 알면서도
그 선택의 불안으로 내가 많이 흔들리고 있을 때,

나를 잘 아는 누군가가
나를 믿어주는 것.
그것처럼 위안이 되는 일은 없다.

첫 번째 팥빙수

몇 해 전 굉장히 더운 여름날에
전남 영광에 있는 시댁에 내려갔다.
그때 카페에 모시고 가서 팥빙수를 시켰는데
시부모님은 그날 태어나서 처음으로 팥빙수를 드셨다고 한다.

우등버스도 비싸다며 일반버스만 타시는 두 분.
팥빙수를 아셨다 해도
돈 내고 먼저 팥빙수를 사 드시진 않았을 것이다.

단 음식은 싫어하실 거야.
찬 음식은 싫어하실 거야.
애들 먹는 거라 싫어하실 거야.

막연한 생각으로 자식들 모두
몸에 좋다는 홍삼이나 사드릴 줄 알았지,
우리가 흔하게 먹는 것들, 간식들,
이런 것들은 별로 챙겨드린 적이 없다.

세상은 바뀌고 좋은 것들은 너무 많고
우리끼리는 맛집을 맨날 찾아다니는데
어머님 아버님은 옛날 없던 시절
양말을 꿰매가며 신고
상한 음식이라고 쉬이 버리지 못하던
그 시대에 그대로 살고 계시는 것만 같아 마음이 좀 그랬다.

남편은 요즘 시골에 내려갈 때면
어머님 아버님이 못 드셔보셨을 음식이
뭐 있을까 둘러보고는 한다.

첫 번째
팥빙수

복잡한 관계가 되었다

어렸을 땐 가족이나 부모님에 대한
내 감정은 참 단순했다.

사랑을 받고 싶다.
관심을 받고 싶다.
그게 전부였는데.

어른이 되고 보니

닮고 싶진 않은데
사랑은 하는
복잡한 관계가 되었다.

헤어져봐야 안다

진짜 친했던 친구와 어떤 계기로 멀어지게 되었을 때

많이 허전하고
많이 후회하고
되돌아가고 싶을 줄 알았는데

의외로 후련할 때가 있다.
그 적적함이 좋을 때가 있다.

난 얼마나 참고 끌려다녔던 걸까?

인생을 살아가는 데는
생각보다 그렇게 많은 사람이 필요하지 않다.

우리가 정말 어떤 인연이었는지는
헤어져봐야 안다.

끈기 없는 아이

늘 책을 끼고 살았던 언니에 비해
나는 책 한 권도 끝까지 읽지 못하는 아이였다.

엄마는 늘 책도 한 권 다 못 읽느냐,
하나를 해도 제대로 하라고 말씀하셨다.
그 '제대로' 때문에 나는 책 읽는 것이 싫어졌다.

중간 정도 읽다 보면 흥미가 떨어지기 일쑤였고
책은 나랑 안 맞는 모양이라 생각했다.

영화평론가 이동진 씨가 이에 대해 한 이야기가 있다.

집에 놀러 온 지인들이 방대한 양의 책을 보고는 다 읽었느냐 묻는다며,
본인도 반이나 읽었을까, 읽다 만 책도 많다고.
그러나 책을 꼭 전투적으로 처음부터 끝까지 읽을 필요는 없다고 그는 말한다.
순서가 중요치 않은 에세이 같은 경우는 보고 싶은 부분부터 봐도 상관없다고.
모든 책을 정독하겠다는 자세가 책을 오히려 멀게 만들기도 한다고.
굳이 그럴 필요가 없다는 것이다.

내게 필요한 말이었다.

모든 일을 '제대로' 할 필요는 없다.
'제대로' 하고 싶은 것을 찾을 때까지는
지치지 않도록 '즐기는' 것도 못지않게 중요하다.

소심한 나라의 소심한 사람 이야기

친구들이랑 재미있게 실컷 떠들고 놀다가
집에 온 후 친구한테 전화해서 하는 한마디.

"혹시…… 아까 내가 한 말에
마음 상한 거 아니지?"

친구가 늘 하는 말.

"무슨 말 했는데?"

열대야

새벽 3시.

더위에 잠을 깼다가
떠오르는 많은 생각들 때문에
새벽 5시가 넘도록 잠들지 못했다.

낮에는 작게만 보이던
이런저런 생각들이
너무 크게 다가와서

……외로웠다.

외로워서

노력으로 이어진 관계

예전엔 친구가 조금이라도 나에게 섭섭해하는 것 같으면
연락해서 나 때문에 기분이 상했느냐 확인을 하고
풀어주어야 마음이 편했다.

그런데 요즘은 좀 다른 생각이 든다.

하루 이틀 함께 해온 사이가 아닌데
나를 알고서도 내 말과 행동에 섭섭해하고 오해를 한다면
남은 날 동안 내내 그 사람의 기분을 살피고 풀어주며
인간관계를 이어갈 순 없지 않을까.

나만의 노력으로 이어진 관계는
노력이 끝나는 순간 끝나는 게 아닐까.

예전에 끝났어야 할 관계를
억지로 끌고 가는 것은 아닐까.

왜 연락을 안 해?

대부분 연인들이 싸우는 이유 중 하나는 연락을 안 해서다.
일하는 중이라거나 어쩔 수 없는 상황도 있지만
그 이유로도 연인의 불만은 해결되지 않는 경우가 많다.

하지만 진짜 원인은 따로 있다.
바로 평소에 믿음을 주지 못해서.

명절에 싸움이 잦아지는 이유도 비슷하다.
평소 잘하지 못했기 때문에,
방치했기 때문이다.

연인이나 배우자의 순간적인 반응만을 보고
일 때문에 전화 못 받은 게 뭐 그리 큰일이라고……
본가에 가기 싫어서 저렇게까지 짜증을 내나……
그런 생각을 할 수도 있겠지만

신뢰가 깨어진 사이에서는
시기가, 동기가,
전화나 명절이 된 것뿐이란 걸
아는 사람들은 별로 없다.

자존감 낮은 사람의 연애

친정에 갔다가 대학 시절 내 일기장을 우연히 보게 되었다.
그때 만났던 어떤 사람에 대한 힘든 이별이 고스란히 적혀 있었다.

지금 돌이켜보면 참 나쁜 사람을 만났나 싶은데
일기장 속의 나는 온통 이것도 내 탓, 저것도 내 탓을 하고 있었다.

지나고 나서야 보인다.

나는 연애를 한 것이 아니라
나를 학대하고 있었구나.

챙길 사람이 있다는 건

혼자 자취하던 시절,
알람을 세 개나 맞춰놓고 자도 일어나지 못하고
자꾸 알람을 끄고 다시 잠들어버려서
제일 시끄러운 알람시계를 장롱 위에 올려놓고 잠들었다.

그러던 내가
결혼한 후 지금은 알람이 울리자마자 일어난다.

어떤 때는 알람이 울릴 때쯤 일어나서
쳐다보고 있을 때도 있다.
아침을 준비하고 남편을 깨워야 하니까.

누군가 챙길 사람이 있다는 건
이런 건가 보다.

헤어지는 이유

언젠가 친구와 수다를 떨다가 이런 이야기를 나눈 적이 있다.

"내가 연애를 몇 번 해보니까
남자들은 대부분 초반에 미친 듯이 잘해주다가
1년 정도 되니까 헤어지고 싶어 하거나 시큰둥해지더라."

결혼 전에 세 번의 연애를 했다.
그 사람들과 왜 헤어졌지? 생각을 해본 적이 있는데
그 지나간 세 남자에 대한 대답은 이랬다.

졸업 앞두고 사귀자고 해놓고
"졸업하면 거리가 멀어서 어차피 만나기 힘들 거야.
널 위해서 헤어지는 거야."

연락을 먼저 끊어놓고서는
"조금만 더 기다려줬다면 너에게 돌아갔을 거야."

10년도 더 지난 옛사랑 이야기를 꺼내며
"첫사랑이 다시 생각나서 너를 만날 수 없을 것 같아."

어이없게도 그 당시 나는 그 말들을 정말로 믿었다.
아, 내가 힘들까봐 그러는구나.
내가 좀 더 기다렸다면 돌아왔을 수도 있겠구나.
정말 첫사랑을 다시 찾아가려나 보다.

남자와 여자가 헤어지는 데 다른 이유가 있을 리 없다.
그냥 마음이 변한 것이다.
그런데 주위 사람들에게 다 물어봐도
헤어질 때 그렇게 솔직하게 말하는 사람은 없는 것 같다.
무언가 이유를 찾아서 갖다 붙인다.

나쁜 사람이 되기 싫어서일까.
상대방에 대한 배려일까.
아쉬울 때 돌아갈 수 있도록 여지를 남기는 것일까.
물론 남자들만 그렇다는 이야기는 아니다.
내가 주로 차였기 때문에 차본 경험이 없을 뿐.

어차피 사귀다 헤어질 거였으면
이유 없이 잠수 타는 인간 말고
10년 전 첫사랑까지 소환하며 헤어지자는 구질구질한 이별 말고

그냥 쿨하게, 내 마음이 예전 같지 않아. 미안해.
있는 그대로 말하고 이별을 고하는 사람이면 좋았을 텐데.

사랑이 먼저 식는 게 죄는 아니니까.

가끔 그 시절의 바보 같은 내가 생각나서 욱할 때가 있다.

정말 어려운 것

같이 웃어줄 사람은 많아도
같이 울어줄 사람은 적다고들 한다.

아니,
틀렸다.

울어주는 건 쉽다.
텔레비전에서 힘들게 사는 분들만 봐도 눈물이 나고
드라마만 봐도 울컥하는데
같이 울어주는 것쯤 너무 쉽다.

잘나가는 친구를 보며
조금의 비교도 없이
내 일처럼 기뻐하고
웃어주는 게 어렵지.

같이 있는 느낌

남편이 출근하고 나면
종종 내 카디건을 놔두고 남편 옷을 걸치고 있을 때가 있다.

오빠의 옷을 입고 있으면
덜 외롭다.

돈이 전부일까?

살면서 가끔
돈의 중요성을 깨닫는 것을 어른스럽다고,
그렇게 생각하는 사람들을 만날 때가 있다.

한 친구가 아는 동생의 가방을 들춰보며
"이거 비싼 가방은 아니네?"라고 했단다.
그들의 관심사는 그런 것들일까?

돈이 많으면 행복하긴 좀 더 쉽다.
돈이 없으면 불행할 확률이 조금 더 높을 것이다.

가끔은 돈이 너무 중요하다 생각해서
마음이 가난해지는 나를 보기도 한다.

그래서 나는 그 친구와 내가 돈이 많은 사람보다는
마음이 가난하지 않은 사람을 만났으면 좋겠다.

늦게 뭔가를 시작하는 나에게
미쳤느냐고 말하는 사람보다는
지금이라도 시작하는 게 어디냐고
응원해줄 사람들을 만났으면 좋겠다.

아이들 생각해라. 남편 생각해라. 부모님 생각해라.
넌 왜 그렇게 이기적이니?
그렇게 말하는 사람보다는
너 자신이 첫 번째라고.
네가 행복해야 모두가 행복한 거라고
말해주는 사람을 만났으면 좋겠다.

그래서 돈이 많은 사람보다는
마음이 부자라서 언제든 쉬어갈 수 있는……
우리가 그런 사람들이 되었으면 좋겠다.

숨은 잘못 찾기

나의 표현 방식에 대해 정말 아주 가끔
누군가에게 지적을 받으면
그것이 몇 년 전이었건 간에
두고두고 고민하고 생각하고 나를 고치려고 했는데
오늘 이런 말을 들었다.

"모든 사람에게 맞추려고 할 필요는 없어.
네가 틀린 게 아니라 그냥 너랑 안 맞는 사람일 수 있어.
그러니까 너는 너의 표현 방식을
불편해하지 않는 사람을 만나면 되는 거야."

모든 사람에게서 나를 이해받고 싶어 했는데,
모든 원인을 나에게서만 찾으려고 하는 버릇부터
고쳐야겠다는 생각을 했다.

각자의 짐을 지고 사는 것

가끔은 친구가 삶의 고단함을 토로했을 때
나의 위로가 미치지 못해 서운해하는
친구의 마음을 느낄 때가 있다.

그래서 나 또한, 나의 10년지기 편두통을
친구에게 구구절절 말하지 않게 되었다.

누군가 나에게 혹은 내가 누군가에게 힘든 이야기를 했을 때
그게 누구든 전화를 끊고는 5분 이상 그 일을 생각하며
자기 일처럼 고민해주지 않는다.

우리는 그걸 너무 잘 알고 있다.

자기 일처럼 내 일을 하루 종일 함께 걱정해주는 사람은
'엄마'밖에 없다.

친구의 짐을 내가 같이 질 수는 없다.
내 짐 또한 친구가 함께 질 수는 없다.

그냥 각자의 짐을 지고 사는 것이다.

우리가 할 수 있는 건 그 짐이 무거워 힘들다 말했을 때
그 순간을 잘 버틸 수 있도록 응원해주는 것. 그 이상도 이하도 아니다.

그나마도 요즘은 이야기를 들어줄 수 있는
누군가가 있다는 것만으로도 참 행운이라 생각한다.

4장

그러니까,
이제
괜찮아진 것 같아

바람피울 확률

고·민·해·결!

잘 해내려는 마음의 무게

잘하고 싶다는 마음이 너무 크면
잘되지 않았을 때 느끼는 좌절감도 크다.

잘해야겠다는 생각에 쫓겨서
일이 오히려 더 잘 안 풀릴 때

잘할 수 있을 거야, 곧 괜찮아질 거야,
원래 잘하잖아? 어차피 잘할 거면서!

이런 응원보다는

괜찮아, 굳이 해야만 할 필요 없어.
하기 싫으면 아무것도 안 해도 돼.

이런 말이 오히려 위로를 주기도 한다.

잘해야 한다는 부담이 너무 커서 긴장을 하면
잘 부르던 노래의 박자를 놓치기도 하고

경쟁자들이 너무 쟁쟁하다며 마음을 비운 뒤
그저 재미있게 즐기다 가겠다던 사람이
오히려 오디션 프로그램 TOP 10에 들어가기도 한다.

내려놓는 순간, 즐길 수 있게 된다.

무심하게

요즘 혜정 언니 차를 많이 얻어 타고 다녀. 근데 언니 차 뽑은 지 얼마 안 돼서 새 차 냄새가 좀 나. 예전 같았으면 멀미했을걸. :)

아...... 그 차 샀다는 언니? 근데 차종이 뭐야?

몰라.

많이 타고 다닌다며.

응......

중형이야? 소형이야?

몰라.

그랬으면 좋겠네. 나도.

일은 적당히

골골거리며 출근한 남편이 맘에 걸려서…….

음…
지금은 내가
직원들 퇴근 못 하게
잡고 있는 거.

그치…… 오빠가 부장이었지.

3만 원

언니는 굳이 자동차 1종 면허를 땄다.
"혹시 나중에 어찌 될지 모르니까
장사라도 하려면 1종을 따야 트럭을 몰지."

새벽에 응급실에 가서 편두통 진통제 주사를 맞으면
3만 원이 나온다.

나는 늘 노후에 대한 막연한 두려움이 있었다.
사람의 일이란 모르는 것이니까 말이다.

그 3만 원이 없어 응급실 편두통 진통제 주사를 못 맞아
고스란히 며칠을 앓아야 하는 날이 올까봐
뭐라도 배워두자는 마음으로 여러 가지를 배웠던 것 같다.

캘리그래피, 바리스타 수업, 수제비누 만들기.

다닐 땐 취미라고 떠들면서 다녔지만
내 마음속엔 늘 저 3만 원이 자리 잡고 있었다.

팔을 내려야 한다

누군가 나를 때리려 할 때
팔을 들어 막는 것을 '방어'라 한다면

맞을까봐 팔을 쳐들고 사는 것은 바로 '스트레스'다.

「어쩌다 어른」이라는 텔레비전 프로그램에서
어느 강사가 한 이야기.

1년 동안 50번의 공격을 받는 사람과
50번 공격받을 것을 걱정하는 사람은
같은 크기로 아프다고 한다.

팔을 들고 있으니
어깨가 결리고 팔에 통증이 오고
아프니까 병원에 가지만 원인은 찾기 힘들고
약을 먹어도 낫지 않는다.

나으려면 어떻게 해야 할까?

팔을 내려야 한다.

걱정을, 마음을 내려놔야 한다는 뜻이다.

눈치와 배려

친한 동생이 우울해하며 말했다.
"언니 저는 눈치를 너무 보는 것 같아요."

눈치와 배려의 사전적 뜻
눈치 : 남의 마음을 알아차림
배려 : 도와주거나 보살펴주려고 마음을 씀

눈치를 본다는 건 그 사람의 마음을
상하게 하기 싫다는 마음이 깔려 있는 거잖아.

그 사람 기분을 살피고 그 사람 입장이 되어 생각해보고
신경 써주는 건 눈치가 아니라 배려 아닐까?

넌 그냥 배려가 많은 아이야.

빈자리

모든 아픔에는 기다림이 필요하다.

곪을 때까지, 맺힐 때까지,
놔두어야 하는 일들이 있다.

미리 없애려고 생긴 지 얼마 안 된 여드름에 손을 대면
성이 나서 더 오래가거나 흉터가 남는 것처럼······
인생에서도 가끔 그렇게 다 곪을 때까지 기다려야 하는 일들이 있다.

여드름에는 여드름 하나만큼의 기다림이 필요하듯
모든 일에는 그만큼의 기다림이 필요하다.

오롯이
앓아야만, 기다려야만
지나가는 일들이 있다.

잊고 산다

정말 오래전에 비싼 가구 편집샵에 간 적이 있다.
너무 후덜덜한 가격이라 선뜻 살 수는 없었지만
다 좋아 보이고 고급스러워 보이고 예뻤다.
'이런 가구는 어떤 사람들이 사는 걸까?'라며 부러워했다.

여러 해가 지나 며칠 전 친구와
홍대를 거닐다가 그 매장을 발견했고
구경이나 하자며 들렀는데

이제는 작정하면 구입할 수도 있겠다 싶은 가격이 되자
우습게도 생각보다 마음에 쏙 드는 가구가
그리 많지는 않았다.

때로는 가질 수 없다는 것만으로도
더 멋있고 예쁘고 좋아 보이기도 한다.

이미 가지고 있는 것들도
한때는 갖고 싶어 하던 것들이었을 텐데.
갖고 있다는 것만으로도 그 마음을 잊고 산다.

오래된 친구
오래된 연인
가족들처럼.

나 낳지 말고 엄마 인생 행복하게 사세요

내가 유난히 울음이 많았던 아기였을 때.
울 엄마는 작은 구멍가게를 하고 계셨단다.
울음을 그치지 않는 나를 업고
어느 날 새벽엔 동네 한 바퀴를 돌고 왔더니
그 작은 가게 돈통을 누가 홀라당 털어가 버렸다고 한다.

우리 셋이 한참 어렸던 시절.
울 엄마는 우유 배달을 했다고 한다.
뭐 하나 맘껏 먹이고 싶어도 없던 시절.
남은 우유라도 싸게 먹이려고 우유 배달을 했다고 한다.

내가 여섯 살 되던 해에 울 엄마는 막노동을 했다.
같이 살던 외할머니가 자리를 비우셔서
할 수 없이 막내인 나를 데리고 일하러 갔던 어느 날.
엄마는 한아름 과자봉지를 나에게 안겨주었고
나는 그걸 먹으며 하루 종일 벽돌을 나르는 엄마를 보고 앉아 있었더랬다.

내가 중학교에 다니던 시절.
엄마는 화장품 방문 판매 일을 했다.
엄마는 분명히 화장품을 파는데
엄마의 작은 화장대에는 온통 샘플들밖에 없었다.

세월이 흐르는 만큼 엄마의 직업도 변해갔다.
보험설계사, 단백질 영양 식품 판매……
요즘도 엄마는 자식들에게 짐이 되기 싫다며 옥매트 파는 일을 하고 계신다.

텔레비전에서 어느 연예인이 과거로 돌아간다면
엄마에게 어떤 말을 하고 싶으냐 물었더니
이렇게 대답을 했다.

"엄마, 나 낳지 말고 엄마 인생 행복하게 사세요."

내가 엄마에게 하고 싶은 말이었다.

엄마를 깎아 내가 된 것 같아서
한없이 미안했다.

화내는 거 아니고 확인하는 거야

지난여름 2주간 장염으로 죽을 먹고 있을 때였다.

내가 장염이라고 남편을 굶길 수는 없으니
주말에 남편이 먹을 된장찌개를 끓이고 있었는데
남편은 그 시각 작은 방에서 게임을 하고 있었으니.

조용히 남편에게 다가가 말을 걸었다.

"오빠, 화내는 게 아니라 확인하는 건데,
만약에 오빠가 장염에 걸려서 죽만 먹어야 된다고 해도
내가 게임을 하고 있었다고 해도
오빠도 나 먹이기 위해서 된장찌개 끓여줄 거지?"

당황한 남편은 내 손을 잡고 쎄쎄쎄 자세로 흔들더니
"당연하지."라고 말했다.

순간 생각했다.

한 대 때릴까? 큰돈

15년 만에 내려놓다

편두통이 생긴 지 11년 만에 처음으로
명절날에 응급실을 가지 않았다.

결혼한 지는 16년.
결혼하고 4년 뒤부터 편두통이 생겼고
그때 이후로 명절에 시댁에만 가면 머리가 아파
새벽에 응급실에 가서 진통제를 맞아야 했다.

시부모님은 막내며느리가 명절만 되면 아프니
오지 말라고 해야 할지 오라고 해야 할지 늘 고민이셨고
딱히 힘든 일을 한 것도 아닌데 매번 아픈 나는
항상 죄송한 마음이었다.

명절이라 해도 대부분의 음식을 어머님이 미리 해두셨다.
상차림은 대부분 형님들이, 나는 설거지가 전부였다.

그렇지만 어렸을 때부터 어른들 사이에 있어본 적 없이
명절에도 큰집에서 밥 한 끼 먹고 오는 게 전부였던 나는
일단 어른들이 많이 계신 장소에 가 있다는 것 자체만으로도
충분히 멘붕이었다.

누가 그랬던가.
며느리에게 명절이란 천만 원의 빚보다
더 큰 스트레스라고.

몇 해 전 시부모님이 불현듯 그런 말씀을 하셨다.
"너희도 더 나이 먹기 전에 명절에 여행도 가고 그래라.
명절에 안 와도 되니까 언제든 말만 하고 가.
나이 더 들면 몸 아파서도 못 간다."
죄송했지만 속으로 '야호'를 외쳤다.

그럼에도 불구하고 나의 명절날 응급실행은 없어지지 않았는데
작년에 처음으로 응급실을 가지 않게 되었다.
결혼한 지 15년 만이었다.

무엇 때문일까.
곰곰이 생각해보니 바뀐 건 내 마음가짐뿐이었다.

할 줄 아는 것이 아무것도 없었던 나는
어머님이 하루 종일 뭔가를 만드시면
어쩔 줄 몰라 하며 옆에서 서성거리거나
뒤에서 어머님을 바라만 보고 있었는데

어느 순간 나도 모르게
'아이고 나도 모르겠다.' 하고 놔버린 것 같다.
시댁에 있는 동안 그냥 낮이고 밤이고 피곤하면 자버렸다.

수신지 작가의 만화 『며느라기』에서는
시댁에 잘 보이고 싶고 예쁨 받고 싶어서 무리하는 시기를
'사춘기'처럼 '며느라기'라고 부른단다.

나는 15년이 지나서야
이제 겨우 '며느라기'를 내려놓은 것 같다.

고통의 평균값

편두통으로 신경과에 가면 종종 의사에게 이런 질문을 받는다.
"통증을 1에서 10까지라고 했을 때 지금 통증은 몇인가요?"

약하게 아프면 2, 견딜 만하면 5, 못 참겠으면 8.

이 정도로 대답을 하는데
가끔 궁금할 때가 있다.

내가 남들에 비해서 엄살이 심한 것인지
아니면 남들에 비해 통증을 잘 참는 편인지.

내가 느끼는 통증을 고스란히 다른 사람에게 느끼게 해서
1에서 10 중 골라보라고 하고 싶다고 했더니
친한 언니가 이런 말을 한다.

"그게 무슨 상관이야.
네가 아프면 아픈 거지.
네가 통증을 많이 느낀다고 잘못된 거고
네가 통증을 덜 느낀다고 해서 잘하는 게 아니야.
무슨 통증을 평균을 내서 아프려고 해?"

고통은 주관적이다.
함부로 다른 사람의 고통을 보고
그 정도 안 아픈 사람이 어디 있느냐고,
그 정도 힘들지 않은 사람이 어디 있느냐고 해서는 안 되는 것이다.

고통에는 어디서부터 어디까지 힘들다는
평균값이 없다.

그렇게 위로하지 마세요

가끔 나에게 이런 말을 하는 사람이 있다.
"네가 어렸을 때 고생한 경험이 있어서
그 경험으로 지금 책도 쓰고 하는 것 아니겠냐?"

힘들게 안 살고도 글 잘 쓰는 사람은 많다.
글은 그 사람의 감수성에서 나오는 것이지
극기 훈련에서 나오는 것이 아니다.

힘든 일이 있었기 때문에 지금의 내가 있는 게 아니다.
그럼에도 불구하고 지금의 내가 있는 것이다.

어떤 사람은 이겨내고 더 강해지겠지만
어떤 사람은 평생을 안고 산다.

혹여 그 과거가 지금의 내 삶에 도움을 준다 해도
그 일이 상처가 아닌 것이 되지는 않는다.

단 한 번뿐인 그 어린 시절의 내가
행복해지지는 않는다.

여성스럽다는 것

"그 친구는 귀엽고 여리고 여성스러운 아이였어요."
친한 언니와, 오래전 알고 지낸 친구에 대해 이야기를 하게 되었다.

대학 시절, 휴학하지 않기 위해 이를 악물고 장학금을 노릴 때라
과제는 늘 첫 번째로 해서 내고 이론 시험을 볼 때에도
교수님이 나에게만 시험지 세 장을 주시며 "다 채울 거지?" 하던 때였다.

그날은 과제를 마감하는 날이었는데,
그 친구가 나에게 와서 과제를 좀 보여달라고 했다.
정확히 기억은 잘 안 나지만 무슨 일 때문에 그날 기분이 좋지 않았고
나는 매몰차게 거절을 했다.

"싫은데?"

거절을 하고 조금 있다가 뒤를 돌아보니 그 친구는 울고 있었고
결국 나는 달래고 또 달래서 과제도 보여주고
그 친구가 과제를 마무리하길 기다렸다.

이야기를 다 들은 언니 왈.
"그건 여성스러운 게 아니라 미성숙하고 의존적인 거 아닌가?
여성스러운 것과 의존적인 건 다른 것 같아."

생각해보니 나도 모르게 언제부턴가
여성스러움이란 약하고 의존적인 것을 뜻한다고 여겼던 것 같다.

하여튼 그날 다른 친구들은 나를 보며
"그게 뭐라고, 좀 보여주지."라며 눈을 흘겼다.

문득 의아했다.
집안 사정이 어려워 장학금을 받으려고
미친 듯이 열심히 했던 나는 가해자가 되고
게으름을 피우다 제때에 과제를 안 해서
당연한 듯 도움을 받고 싶어 하는 그 아이는
왜 피해자가 되는 것일까.

그 후 연약한 척하는 사람에 대한 반감 같은 게 생겼다.

억지로 강한 척할 필요는 물론 없지만
혼자 얼마든지 할 수 있는 것들에 대해서도
습관적으로 의지하는 사람에 대해서는
그렇게 좋은 감정이 생기지 않는 것이다.

한번은 이런 일도 있었다.

두 번째 회사에서 어느 순간부터
내가 막내니까 나더러 커피를 타라고 시켰다.
처음엔 팀장이 하라니까 했는데
이건 아니다 싶었다.
일에 집중이 되지 않았다.

어느 날엔가 이건 아닌 것 같다고
커피는 각자 알아서 타 마셨으면 좋겠다고 했더니 팀장이 말했다.

"막내가 좀 하면 안 돼? 여성스러운 맛이 없어."

자기 일을 혼자서 못 하는 게 여성스러운 걸까?
시키는 대로 커피를 잘 타면 여성스러운 걸까?

동화 속 공주들은 왜 다 곤경에 처하면 왕자가 와서 구해주는지
드라마 속 여주인공은 왜 죄다 못살고 남주인공은 죄다 재벌인지
왜 여주인공은 착한 척하며 당하기만 하는지.

의존적이다. 약하다. 복종한다. 조용하다. 참는다. 착하다.
이게 대체 여성스러운 것과 무슨 상관이 있다는 말일까?

남자건, 여자건 상관없이,
그저 다양한 사람으로만 보면 안 되는 것일까?

인사이드 아웃

남편이랑 영화 「인사이드 아웃」을 보러 갔다. (스포일러 주의하세요!)

영화에는 인간이 느끼는 주요 감정들인
기쁨이, 슬픔이, 까칠이, 버럭이, 소심이가 나온다.

이들 말고도 큰 인기를 끈 캐릭터가 있었으니
여주인공 라일리의 어린 시절 상상 속 친구였던 빙봉.

기쁨이와 빙봉은 사고로 기억폐기 쓰레기장에 떨어지게 된다.
한번 떨어지면 영원히 사라지게 되는 공간.

라일리에게서 기쁨이가 사라져버리면 절대 안 된다는 걸 아는 빙봉은
기쁨이의 탈출을 돕고 라일리의 행복을 빌며 서서히 사라져가는데…….

그 순간,
극장 안이 떠나가라고 우는 꼬마가 있었다.
빙봉이 사라지는 게 그렇게 서러웠을까.
아이는 울고 사람들은 박장대소를 했다.

내 평생 저렇게 서럽게 우는 아이는 처음 보네 싶을 만큼
아이는 펑펑 세 번에 걸쳐 큰 소리로 울었다.

영화를 다 보고 나오는데
사람들은 그 누구도 영화 이야기를 하지 않았다.
울었던 그 아이가 정말 웃겼다고.
귀여웠다고.

그렇게 서러웠을까 하며
감동받은 표정으로 이야기하고 있었다.

순수함은, 때로는 기승전결이 잘 나누어진
훌륭한 영화보다 큰 감동을 주기도 한다.

그 극장 안 누구나 비슷했을 것이다.
꼬마 덕에 잊었던 어린 시절 마음을 잠시나마 되찾지 않았을까.

울면 눈에서
눈물 대신 사탕이 나왔던 빙봉

적당한 관심

미술심리상담 현장실습에서 아이들을 만나보면
아이들이 행복한가 그렇지 않은가의 차이는
한 가지로 구분이 된다.

한 부모 가정이냐 아니냐
집이 잘사느냐 못사느냐
공부를 잘하느냐 못하느냐는
절대 그 기준이 아니다.

바로 그 아이가 누군가에게서
적당한 관심을 받고 있느냐 아니냐의 문제.

극심한 관심과 집착 속에서
아이들은 정말 힘들어하고
극심한 무관심 속에서
아이들은 기댈 곳이 없어
관심을 받기 위해 안간힘을 쓴다.

그 적당한 관심을 주는 누군가가
있느냐 없느냐에 따라
아이들의 인생은 달라지는 것이다.

누구의 잘못인가요?

옥탑방에 혼자 살던 시절 성폭행을 당할 뻔했을 때
그 당시 남자친구였던 사람의 첫 마디는 이랬다.

"너 집이라고 짧은 옷 입고 있었지?"

그때는 겨울이었다.
나는 긴 셔츠에 레깅스를 입고 있었다.
그런데 애초에 그것이 중요한가 하는 의문이 들었다.
짧은 옷을 입고 있었다면 그런 일을 당할 수 있다는 소린가.

'공정한 세상 가설'이란 것이 있다.
사람들은 은연중에 세상은 공정하다고 믿고 싶어 하는 경향이 있다고 한다.

나쁜 일을 당한 사람은 뭔가 그럴 만한 일을 했기 때문에 나쁜 일을 당하는 것이고
좋은 일이 찾아온 사람은 평소에 뭔가 좋은 일을 했기 때문이라고 생각하는 것이다.

피해자가 아무 짓도 하지 않았는데 나쁜 일을 당했다고 한다면
나도 언제든 그런 일을 당할 수 있다는 생각에 불안한 나머지
어떻게든 원인이 있을 거라며 그 원인을 찾아내려 애를 쓴다.

그래서 새벽 2시 밤길을 가던 여성이 나쁜 일을 당했다는 기사를 보면
가해자가 아닌 피해자를 향한 이런 댓글들이 수두룩하다.

"새벽에 다니니까 그런 일을 당하지."
"짧은 옷을 입고 다녔을 거야."
"술에 취해 있었겠지."

설령 술을 마시고 미니스커트를 입었다고 한들
그건 절대 피해를 당할 이유가 되지 않는다.

뭔가 원인 제공을 피해자가 했을 거라고 생각하면
보는 마음은 편할지 모르겠다.
그러나 세상은 나아지지 않는다.

무엇보다, 내가 살아온 세상은 그렇게 공정하지 않았다.
당신이 살아온 세상은 그렇게 공정했느냐 묻고 싶다.

어중간함 그 어딘가에서

글을 정말 잘 쓰거나
그림을 정말 잘 그리는 사람들을 보면서
친구랑 이런 말을 종종 한다.

"글 쓰기 위해서 태어난 것 같아."
"저 정도 그리려면 타고난 재능이 있어야 해."
"일반인과는 다른 머리를 가지고 사는 것 같아.
그 상상력이 노력으로 생기지는 않겠지."

그런 생각을 하다 보면
난 너무 제정신에 뇌 구조마저 평범한 것 같다.

특별함에는 다가가지 못하고
그렇다고 못하는 것도 아닌, 그 어중간함 어딘가에서.

힘이 빠질 때마다 스스로를 다독거리며 버티는 나는
어떨 땐 그 '평범'에 감사하고
어떨 땐 그 '평범'에 짜증도 내면서
오늘도 '평범'한 하루를 산다.

그래도 여전히 어느 드라마의 대사처럼
"나는 늘 나 자신이 애틋하고 잘되기를 …… 바란다."

제발 열심히 하지 마

요즘 홈트(홈 트레이닝)가 뜨고 있다기에
나도 집에서 운동을 해야지 마음먹었는데 남편이 딱 한마디 한다.

[경력]

이삿짐 열심히 나르다가
족저근막염으로 3개월 고생.

헬스 후 스트래칭하다
허벅지 혈관 터져 한 달 고생.

윗몸 일으키기 갑자기 100개 하다가
디스크 터짐으로 6개월 고생.

조심하며 사는 것

나는 늘 한쪽 발은 빼고 만약을 생각하며 사는데
온전히 자신을 던지는 사람을 보면

부럽다.
열등감이 느껴진다.
반성을 하게 된다.

마음이 늙는다는 게 별건가.
이렇게 조심하며 사는 게
마음이 늙는 거지.

내 마음을 비우게 해주세요

우리 엄마는 독실한 불교 신자신데 맨날 이런 기도를 드려.
"우리 아이들 건강하게 해주세요.
우리 아이들 사업 잘되게 해주세요."
그럼 내가 대답해.
"엄마, 마음을 비우게 해달라고 기도를 하세요."

어느 종교든 대부분 사람들이 기도를 이런 식으로 하잖아.
뭔가를 가질 수 있게 해주세요. 잘되게 해주세요.
그런데 내가 생각하는 불교의 기도란
'더 주세요.'가 아니라
'내 마음을 비우게 해주세요.'인 것 같아.

같이 공부하는 언니가 이런 이야기를 한다.

나는 굳이 종교를 따지자면 천주교인이지만
불교의 이런 면을 늘 동경하고 동의한다.

절실하게 기도한다고 해서
모든 것이 이루어지리라 생각하진 않는다.
불행한 모든 사람들이 기도를 하지 않아서
불행하다 생각하지도 않는다.

살다 보면 어쩔 수 없이 선택하지 않은
많은 불행들이 때때로 우리를 찾아오지만

그 불행에서 벗어나는 방법이
벗어나게 해달라는 기도뿐이라 생각하지 않는다.

'이것만으로도 다행이다.'
그런 작은 마음들이 하루하루 쌓여서
어두운 나날들에서 벗어날 수 있는
힘이 되어주는 것은 아닐까.

편두통을 주신 이유

나는 10년 넘게 편두통을 앓고 있다.
편두통이 생겨서 가장 아쉬운 점은
그 좋아하는 술을 못 마신다는 것.
술을 마시면 편두통이 오기 때문이다.

"나 진짜 술 좋아했는데.
편두통 아니었으면 매일매일 술 마셨을 텐데."라고 했더니
남편 왈.

"그래서 편두통을 주셨나 보다."

차라리 뭐라도 살걸

카드값이 많이 나와서
뭔가 비싼 걸 산 줄 알았는데
목록을 보니 대부분 3만 원 정도씩 긁은 마트 지출.

나 뭘 이렇게 많이 먹었지?
차라리 뭐라도 살걸.

인생 짧아

친구가 다이어트를 시작했다고 한다.

"인생 짧아. 먹고 싶은 건 먹고 살자."
그렇게 말은 했지만…….

죽을 준비

친한 언니가 대학원 준비를 하면서 나에게 이런 말을 했다.

"내가 지금 대학원 가는 거 미친 짓일까?
남편이 언제까지 회사 다닐지도 모르는데
내가 이렇게 돈을 쓰고 있을 때가 아닌데……."

그 말을 듣고 내가 말했다.

"언니, 지금 태어나는 아이들은 140세까지 살 수도 있대요.
우리는 못해도 100세까진 살 텐데, 아직 절반도 못 살았는데…….
지금부터 아무것도 안 하고 죽을 준비만 하며 살 수는 없잖아요. 안 그래요?"

노후 준비는 제대로 하고 있는 걸까? 늘 걱정이 된다.
그렇지만 노후가 걱정되어서 아무것도 시작하지 않는 건,
그건 그냥 죽을 준비만 하며 사는 게 아닐까?

살아 있다면 산 사람답게 살아야 한다고 생각한다.

나는 겁이 많다

고등학교 때 친구랑 같이 깡패를 만난 적이 있는데
친구를 두고 혼자 길을 건너 도망을 친 거야.
물론 친오빠를 데리고 다시 그곳에 가긴 했지만
친구에게 너무 미안했지.

나는 공포영화도 잘 못 봐.
어렸을 때 자고 일어났더니 「전설의 고향」을 방송하고 있더라고.
나는 엄마가 올 때까지 이불을 뒤집어쓰고 기다렸어.
너무 무서워서 채널을 돌리러 텔레비전 가까이 갈 수가 없었지.

놀이기구도 못 타.
스물네 살 때 바이킹을 타고 운 적도 있어.

상처 줄까봐 혹은 상처받을까봐 사람들과도 쉽게 친해지지 못해.
이런 내 모습을 보고 친구들은 예민하다고도 하고
걱정이 팔자라고도 하지.

한때 이 겁 많은 성격을 고치고도 싶었어.

그런데 말이야.
고쳐야 할 게 아니더라.

그냥 그게 나다운 거였어.

최선을 다했다는 착각

시작도 하기 전에 지쳐 있을 때가 많다.
이러면 어쩌지? 저러면 어쩌지? 안 되면 어쩌지?
모든 경우의 수를 따져 고민을 하고 걱정을 하다 보니
마음은 이미 골인 상태인데
사실은 아직 시작도 하지 않은…….

대부분의 사람들은 어떤 문제를 앞에 두고
걱정만 열심히 하고는 자신 있게 말한다고 한다.

"난 최선을 다 했어. 뭘 더 어쩌라는 거야?"

잘 생각해보자.
당신은
그저 가만히 앉아서
고민만 했을 뿐이다.

고민은 노력이 아니다.

저 이런 일 해요

시어머님이 평소에 이렇게 물어보시면······.

나는 내가 하는 일에 대해 설명하기가 너무 어려워서
그냥 '네······.'라고만 대답했었다.
솔직히 나는 심심할 때가 별로 없다.
오히려 마음이 쫓기고 있을 때가 많은데······.

몇 년 만에 책이 나왔을 때 책을 드리며
겨우 몇 마디 할 수 있었다.

뒤늦게 누명을 벗은 듯한 이 느낌······ ㅠ.ㅠ

흘러가는 대로

그냥 흘러가는 대로 가보자.

_ 영화 「라라랜드」 중에서

한마디로 말해서
인간관계가 너무 힘이 들었다.

어느 날엔가 심리상담 공부를 하는 언니가 나에게
너도 심리상담을 공부해보는 게 어떻겠느냐고 조언을 했다.

"공부는 싫은데."라며 단호하게 거절했더니
그럼 재미 삼아 미술심리상담 수업을 들어보라고 했다.

언뜻 들어본 적이 있었다.
어항 속에 물고기도 그리고 우산 들고 있는 사람도 그리고
뭔가에 색칠도 하고 선도 그리고
심지어 그걸로 나의 무의식 속 생각까지 읽어볼 수 있다니
호기심이 생겼다.

다들 비슷하게 살아가고 있는 것 같은데
왜 나만 유독 마음이 늘 힘들까 고민을 해왔다.
그래서 심리상담을 받은 적도 있었는데
아무것도 찾을 수가 없었다.

이번에도 큰 기대를 하지는 않았다.

역시나 수업은 좀 졸렸지만
그래도 생각보다 많은 것들을 알게 되었다.
지금의 내가 이런 성향을 가진 사람이 된 것은
어렸을 때부터 겪었던 많은 것들의 결과물이란 것.
당장 내 마음 하나 바꾼다고 해서 내가 바뀌진 않는다는 것.

사실 수업보다는 거기서 만난 사람들이 나를 많이 깨우치게 만들었다.
지금은 정기적으로 스터디를 만들어 심리상담에 대해 좀 더 배워보고 있다.

그렇다고 해서 하루아침에 살기 편한 성격으로 바뀌는 건 아니었다.
하지만 왜 그런 내가 되었는지 알고 살아가는 것과
모르고 살아가는 것은 천지차이였다.

첫 번째로 배운 건 내 마음을 들여다보고
내 기분을 알아보는 일이었다.

기분을 나타내는 말로 좋다, 나쁘다밖에 모르는 사람에게
기분을 제대로 설명하라는 건 정말 어려운 주문이다.

어떤 일을 겪었을 때 나의 반응이 잘못이다 아니다를 판단하기 이전에
왜 그런 반응이 나왔는지, 그때 내 기분이 어떠했는지 살피게 된 것이다.

나는 한 번도 나를 들여다본 적이 없었다.
늘 나를 탓하고 벗어나려고 했다.
많은 마음 관리 서적들을 읽고 털털해지려고 노력만 했지,
왜 그런 것들이 그대로 안 되는지를 들여다본 적이 없었다.

지금도 나는 나를 알아가고 있는 중이다.
조각난 마음들을 붙여가고 있는 중이다.

상처 없이 살아가는 사람은 아무도 없다고 해서
다 그렇게 산다고 해서
내가 괜찮다는 말은 아닐 것이다.

그래서 이 책을 읽는 사람들만이라도
스스로를 너무 채찍질하지 않았으면 한다.

책을 읽는 동안만이라도
마음 깊은 곳 어디선가 외로워하고 있을
당신 자신을 좀 더 들여다보기를.
다그치지 않기를.
있는 그대로의 나를
이해하기를 바랄 뿐이다.

나 스스로가 나 자신을 지킬 수 있기를 바란다.

이제 세상의 시선으로부터 눈치 보며 사느라
늘 순위에서 밀려나 있었던 내 인생을
제자리로 돌려놓으려 한다.
당당하게 말하려 한다.

"미안하지만,
오늘은 내 인생이 먼저예요."

미안하지만, 오늘은 내 인생이 먼저예요

초판 1쇄 발행 2018년 11월 10일 **초판 15쇄 발행** 2024년 6월 12일

지은이 이진이
펴낸이 최순영

출판1 본부장 한수미
라이프 팀

펴낸곳 ㈜위즈덤하우스 **출판등록** 2000년 5월 23일 제13-1071호
주소 서울특별시 마포구 양화로 19 합정오피스빌딩 17층
전화 02) 2179-5600 **홈페이지** www.wisdomhouse.co.kr

ⓒ 이진이, 2018

ISBN 979-11-6220-971-4 03810